# Зміст

# Підземний мешканець «Ек»

# Пасе Вина

# Пригоди фентезі
## Том 1

У світі багато див, багато чудового і багато того, про що ми не знаємо, але те, що нас оточує. *«А що, коли…»*, – мабуть, саме так можна було б розпочати будь-яке оповідання цієї книги. А що, коли поруч із нами живуть ті створіння, про які ми раніше не знали? А що коли б я взяв і зробив так? А що, коли саме це сталося? Роздуми над цими питаннями та втілення їх у життя, безперечно, могли б призвести до пригод у стилі фентезі, які описані у цій книзі.

Вина, П. (2023). *Пригоди фентезі* (Том 1). Калгарі, Альберта: Едукейшн Корп.

**ISBN 978-1-989531-78-5**

| | |
|---|---|
| Формат: | книга (м'яка обкладинка) |
| Мова: | українська |
| Автор: | Пасе Вина |
| Видавець: | Едукейшн Корп. |
| Дисклеймер: | ця книга опублікована так, як була підготовлена автором та мовою оригіналу; усі історії та персонажі у книзі – вигадані |

© 2023 Усі права застережено

# Подяка

Слава Богу за натхнення, можливість закінчити роботу над цією книгою та за все.

Дякую моїй родині за підтримку.

Дякую читачам за читання цієї книги.

# 1

Сьогодні 23-є травня 2019-го року. Це мій 42-й день народження. За вікном ще дуже холодно і тіло постійно просить тепла. Але байдужий до емоцій термометр, як показував на початку травня +2°C, так і продовжує стояти на своєму, на тих же +2°C, іноді +3°C. Я гадаю, що це несправедливо, навіть для нас, для громадян Північної Америки. Адже на календарі незабаром літо, а ми ще не зустріли весни. Я не маю на увазі пишну як попкорн бузок або трелі птахів, що повернулися з зимівель; нам, хоча б вже побачити простеньку кульбабу, що видерлася з-під замерзлої землі. А там, дивишся, і конвалія зацвіте, і трава забуяє, і радість знову займе своє постійне місце в засніженій душі людей півночі.

Але поки що все вказує на те, що тепло не поспішає до нас за першим покликом. І нам, щоб хоч якось зігрітися, доводиться мріяти про спекотні країни, соковиті пальми та ласкаві моря. Колись ці мрії виконаються і набудуть реальних форм. Тоді ми замовимо квитки та полетимо на зустріч своїм бажанням. Хтось на Карибські курорти, хтось на Мальдіви, хтось ближче на Кубу, а я б із задоволенням махнув до Європи – Греції чи Італії.

Єдине диво, яке мене ще тут утримує – це мій пес Лакрос.

По-перше, тому, що ми ще ніколи з ним не розлучалися надовго; по-друге, цієї зими він потрапив під машину і довго лікувався, а я дав собі слово, що коли він одужає, я буду супер уважним до його здоров'я та своїх обов'язків.

Різко задзвонив телефон і в слухавці почувся голос мого однокурсника та друга Карло Трібіані з Флоренції. Він зателефонував, щоб привітати мене з днем народження і заразом повідомити мені, що він одружується і хоче запросити мене на весілля як свідка.

– *Mamma mia!* – радісно вигукнув я. – Вітаю, друже, від щирого серця! Але, стривай, чи не ти казав, що якщо до 50 років не одружився, то й не варто починати?

– Я своїх слів назад не беру. Мені ж ще 47 буде! Та й потім, якби ти побачив мою Матильду, то ти б мене зрозумів! – крізь сміх відповів Карло.

– Гаразд, жарт! Добре тебе розумію! Сім'я – це чудово! Ти – молодець! – похвалив його я.

– То ти згоден бути моїм свідком, Кевін Ніткенс? – уже серйозно запитав мене Карло.

–Дорогий Карло, ти навіть не уявляєш, як би я хотів зараз опинитися не лише у тебе на весіллі, а й взагалі в Італії! – щиро промовив я.

– Ну так і я про те ж, опинися! Як то кажуть: «*Si vis felix esse – este!*» (якщо хочеш бути щасливим – будь!), – зауважив Карло, – що тобі заважає, справді? Сам собі господар, ні дружини, ні дітей.

– Як би не зовсім так. Нещодавно я завів собі собаку, американського лабрадора на прізвисько Лакрос. Якось вивів його на прогулянку і відпустив із повідця. А він на радощах побіг з усіх ніг і тут… якась машина його збила. Ми з ветеринарами довго його лікували, і тепер я не можу його ні з ким залишити, нікому довірити. Так що не ображайся, Карліно, – виправдався я.

– А ти знаєш, хто його збив? – запитав мій старий друг.

– Ні, цей боягуз втік, кинув безпорадного собаку на дорозі.

– А як зараз твій Лакрос? – поцікавився Карло.

– Зараз у нас все окей.

– Тоді, не бачу взагалі жодних перешкод, приїжджайте з Лакросом; у мене на віллі всім місця вистачить, тим більше, що я там майже не живу – запропонував Карло.

– Тоді, це змінює справу, – зрадів я і подивився на Лакроса, щоб переконатися, що він витримає багатогодинний переліт за океан. Раніше мій пес був готовий терпіти будь-які поїздки в машині по вісім годин і на великі відстані; аби тільки я брав його з собою, аби завжди бути зі мною разом. Він звик мене супроводжувати скрізь і навчився розуміти із півслова. Це не означає, що пес завжди мене слухався, але домовитися з ним багато про що за допомогою сосиски було не складно. Тепер, після травми Лакроса, я за нього дуже хвилювався, проте запитав у Карло:

— Коли весілля? Коли я вам потрібний?

— Одруження відбудеться 15-го червня, — сказав Карло, — але тобі потрібно приїхати хоча б на тиждень раніше, щоб трохи освоїтися, познайомитися з найближчими друзями і

родичами, зокрема, з твоєю колегою — свідком з боку моєї нареченої, а найголовніше — зі сценарієм весілля. У нас на весіллях у кожного є своя роль. Це перформанс, який буває лише раз у житті, — пояснив наречений.

— Ясно. Завтра ж почну рухи тіла на роботі, дізнаюся на рахунок квитків, ну і т.д. Триматиму тебе в курсі справи. Дам тобі знати коли приїхати нас зустріти в аеропорт, — підсумував я і ми домовилися з Карлом, що я йому незабаром зателефоную.

# 2

На моє велике задоволення, все складалося сприятливо. І у мене на роботі в Університеті, і у собаки з ветеринаром, і загалом із підготовкою нашої подорожі. Вона планувалася на 10-е червня і відбулася без несподіванок.

О сьомій годині вечора Карло зустрів нас в аеропорту, названому на честь великого мандрівника Амеріго Веспуччі, у Флоренції, і відвіз нас до себе додому. Показавши нам все необхідне на кухні, у ванній та спальні, він побажав нам добре відпочити і пішов,попрощавшись до завтра.

А ми з Лакросом «причепурилися», повечеряли і вийшли на вечірню прогулянку. Пес пожвавішав від нових, незнайомих запахів і щосили, почав тягнути мене у різні боки.

Він не знав, що таке Італія і як у ній можуть одночасно вживатися багато прекрасних запахів квітів і дерев, перетворюючи навколо все повітря на неповторний, густий і насичений, пахучий парфум.

Середземноморський м'який клімат і благословенна тосканська земля перемішали цього вечора ніжний аромат кипарису, магнолії, яскравої бугенвілії, терпкого евкаліпта та лаврового дерева. За допомогою ледь відчутного молодого вітерця він (аромат) помчав на північ і на південь, на захід і на схід, у відчинені вікна та назустріч випадковим перехожим.

Поступово обнюхування і позначення нової території було завершено і ми втомлені, але задоволені, повернулися додому і спали без задніх ніг та лап від втоми.

Рано-вранці мене розбудив Лакрос, який вже давно прокинувся і тепер ганявся за зеленими ящірками. Вони якимось чином залізли всередину будинку і лазили по білих простирадлах, потім по стінах і по стелях, з чим собака ніяк не могла змиритися.

Бідолашна тварина підскулювала і підгавкувала, дивлячись на спритних рептилій, але ті були на своїй хвилі і особливо не звертали уваги на присутніх у будинку. Італійці вважають їх абсолютно нешкідливими і люб'язно називають Джеками. Мабуть, на відміну від нас із Лакросом, вони давно звикли один до одного і вже ніхто нікому не заважав.

Я підвівся з ліжка, прийняв душ і заспокоїв свого песика: «Чекай, друже, буде і на нашій вулиці свято. А зараз нам час на прогулянку».

Ми вийшли з дому. Всюди пахла кава, заманюючи клієнтів, які ще не зовсім прокинулися, у найближчі кав'ярні чи бари щоб випити чашку бадьорого макіато, капучіно або просто гарячого шоколаду. Якби я був один без собаки, я б теж із задоволенням зайшов у кав'ярню та замовив би собі чорну каву з вершками. Але зараз треба було зважати на Лакроса, щоб він ні у чому не відчував брак. Тому щойно ми повернулися з прогулянки, я насипав йому свіжого корму, налив холодної води, а сам пішов у будинок готувати собі сніданок. Вийшовши через 30 хвилин на подвір'я, я побачив, що мій пес часу даремно не витрачав. Він зловив таки ящірку – хвостату «пройдисвітку», і тепер з нею бавився. При цьому Лакрос гордо лежав на землі, широко розставивши передні лапи, а бідна істота марно намагалася проскочити крізь них і вирватися на волю. Щойно Джеку вдавалося вибігти за межі собачих лап, як відразу ці важкі та довгі лапи його знову наздоганяли і повертали на колишнє місце.

З кожним разом бідна ящірка втомлювалася все більше і втрачала свою спритність, а разом з нею і надію звільнитися з собачого полону. Я вирішив втрутитися. І кинув у траву ароматну сосиску. Лакрос помчав за нею, а замучений Джек миттєво втік, скориставшись ситуацією.

Подзвонив Карло і сказав, що приїде до нас лише о 18:00 на вечерю разом із Матильдою та її подругою, яка буде дружкою у них на весіллі. Вони привезуть із собою продукти, а також сценарій для їхнього свята.

Я сказав, що ми на той час будемо вже вдома. А сам подумав, що ми з Лакросом, напевно, завжди будемо вдома, оскільки мені нема на кого його залишити. Хоча бути у Флоренції і не сходити до музею Уффіці, сади Боболі, палац Пітті – це означає не поважати себе! Треба буде це якось вирішувати.

3

Лакрос! – покликав я свого собаку і одягнув йому харніс.

– Зараз ми з тобою підемо на пішу екскурсію Флоренцією, на Старий міст (*Ponte Vecchio*). Спробуй тільки мене там зганьбити перед людьми! Не думай нічого підбирати на вулиці. Зрозуміло? А тепер уперед! – провів я інструктаж для Лакроса і налаштувався на неблизьку прогулянку під сонцем.

Ми йшли вздовж річки Арно. Про неї писали багато поетів та відомих письменників. Її любили всі люди у тих місцях, де вона протікала. Сьогодні Арно була непрозорою та каламутною. Через зсуви і безладно розкинуті повсюди підводні рослини, складалося враження, що вода в річці

9

темна, глибока і таємнича. За річкою ми дійшли до Старого мосту.Він зберігся в цілості з 1345 року до наших днів разом з усіма своїми надбудовами. Раніше там були м'ясні лавки, а тепер на їхньому місці туристам продають різні сувеніри та ювелірні вироби. Час вніс корективи в сучасне життя Старого мосту, замінивши тілесну їжу, яка колись приводила в «захват» шлунки, на предмети мистецтва, що надихають серця зараз. І хоч одні речі змінили інші, є те,що залишилося тут незмінним, – це дух благородної старовини. Не дарма кажуть, що місця зберігають пам'ять того часу, коли вони були створені.

Лакросу подобалася Італія. Дорогою він із захопленням і придиханням обнюхував кожен новий камінчик та предмет викинутий повз сміттєву урну, через що ми завжди сварилися, а іноді й відверто боролися до переможного кінця; я, щоб його викинути, а Лакрос, щоб його з'їсти.

Якоїсь миті я так захопився роздивлянням дрібничок, що навіть не помітив, як моя хитра псина від мене втекла. Якщо вірити людям, у яких я питав, пес побіг у протилежний від Старого мосту бік у напрямку до наступного мосту під назвою «Санта-Триніта» (Свята Трійця).

«Хто б міг подумати, що наша неспішна прогулянка перетвориться на погоню? Лакрос ніколи без причини не міг би від мене втекти. Щось тут явно не те», – думав я, біжучи йому на перехоплення.

Незабаром я дійсно побачив знайомий хвіст мого цуцика. Він стирчав гордо до гори, як вітрило швидкохідного бригу. Пес, схоже, був чимось захоплений тому, що ніяк не реагував ні на мій свист, ні на мої команди зупинитися. Більше того, коли я сповільнив хід, щоб трохи віддихатися, він зник з мого нагляду, імовірно, повернувши ліворуч, під міст. Це було вже занадто.

– Хто з нас господар? – розлютився я.

Будь-якого іншого дня я б, швидше за все, не став би так турбуватися за собаку і ганятися за нею по всьому місту. Я добре знав, що в Італії люди не бояться собак без повідця, як у деяких країнах. Але саме сьогодні на вулиці була нестерпна спека і я боявся, щоб Лакрос не перегрівся на сонці і не захворів. Тому я вирішив у що б там не стало знайти хвостатого бродягу і негайно причепити на нього повідець, спокійно відвести його додому, а там провчити його за самоволку, позбавивши його десерту, наприклад…

# 4

Нарешті, добре знайомий мені хвіст знову завиляв у полі мого зору, у самісінькому низу під мостом «Санта-Триніта». Знаючи, що блудного пса можна не докликатись, я сам помчав за ним під міст. Лакрос там сидів нерухомо і в зубах тримав якусь дичину. Побачивши мене, він дуже зрадів, але віддавати свою здобич добровільно не збирався. Я приготувався до гіршого – видерти з чіпкої пащі собаки чергову гидоту.

У міру того, як я підходив ближче до собаки, ставало ясно, що його знахідка жива, і вона борсалася у його зубах, як зелений Джек, марно намагаючись звільнитися.

– Так, друже, – суворо звернувся я до Лакроса, знову ящірок мучиш? А ще лабрадор, називається! Поводиться як цуценя невиховане. Швидко відпусти Джека!

На жаль, пес сидів нерухомо як залізний пам'ятник собаці Пуччіні в Торре-дель-Лаго. Здавалося, він спеціально мене дражнить і хоче, щоб я почав у нього забирати його бранця і потім як мінімум, на щось його обміняв. Тому Лакрос підпустив мене ближче, дав пристебнути повідець до свого харніса і тільки тут я помітив, що у нього в зубах не Джек, а щось більше за ящірку…

То був маленький чоловічок, що нагадував гнома з дитячої казки. При цьому 20 – 25-ти сантиметрове створіння було пристойно одягнене в короткі штани і літню сорочку.

Побачивши мій конфуз, Лакрос вирішив, що настав час відпускати свою здобич і повертатися додому. Він розчепив свої потужні щелепи і з них випала знесилена, налякана істота з круглими зеленими очима та сіро-зеленим кольором шкіри. Я дивився на нього як Гулівер на ліліпута, а ляльковий чоловічок благав мене відпустити його на волю, обіцяючи при цьому, як кажуть, золоті гори.

Я застиг на місці і не розуміючи до кінця, що відбувається, дивився скляними очима на маленького незнайомця, що благає про помилування. Нарешті я опанував себе і сказав:

— Та я тебе взагалі і не тримаю, мені просто цікаво хто ти і звідки взявся такий маленький?

— Тоді допоможи мені встати і йди, — попросив тоненьким голосом ліліпут.

— Ну, ні. Так не піде. Давай знайомитись, якщо вже ми зустрілися, — наполягав я.

— Навіщо тобі це потрібно? Просто відпусти мене, не ставлячи зайвих запитань. Я свої обіцянки виконаю. За свою свободу, я тебе щедро подякую.

Ось побачиш… – стояв на своєму малюк-незнайомець.

– Ну скажи хоч як тебе звати, хіба я не заслуговую на таку повагу?

– Моє ім’я Ек. Тепер я можу йти? – спитав нетерпляче дивак.

– А я Кевін, – представився йому я і подав руку.

Ек ухопився за мою руку, обтрусився, озирнувся і… як крізь землю провалився. Зник так само раптово як і з’явився.

– Лакросе, що це було? – спитав я свого друга, щоб дати можливість собі зібратися з думками. – Може, мозок плавиться від спеки та викликає галюцінації? Гаразд, замнемо для ясності. Треба повертатися додому, бо Карло нас не зрозуміє.

Я смикнув за повідець і ми з Лакросом швидко піднялися з-під мосту вгору, до галасливих натовпів енергійних пішоходів і туристів, які носилися скрізь як проникаючий всюди зефір, залишаючи після себе в економіці Італії долари, євро, фунти стерлінгів та іншу валюту.

# 5

Дорога додому здалася нам удвічі коротшою. Ми встигли підготуватися до зустрічі з Карло та його гостями. Вечір пройшов чудово. Ми познайомилися з Матильдою – нареченою Карло та з її подругою дитинства Лореною, які приготували чудову вечерю, у найкращих італійських традиціях із матричаною, салатом романо, домашнім виноградним вином та саморобним морозивом із курагою на десерт.

Карло запропонував усім поїхати на море наступного дня у Віареджо, з самого ранку, але крім нас з Лакросом його більше ніхто не підтримав. Тому, домовившись з Карло про завтрашню зустріч і провівши наших «гостей» до машини, я взявся шукати відповідні іграшки та м'ячик, щоб кидати Лакросу завтра у воду.

Після цього я випив ще склянку вина на сон грядучий і ми з Лакросом розійшлися кожен до себе. Я прокинувся на світанку від того, що мені хтось потис руку, що звисала з ліжка. Я ввімкнув нічник і подивився навкруги. У кімнаті нікого не було.

«Дивно», – подумав я і зазирнув про всяк випадок під ліжко. Там, забившись у лівому кутку, переминалася з однієї ноги на іншу така ж маленька істота, яку я вже бачив напередодні під мостом, але темніша і, на мою думку, без одягу. Ні вона, ні я не хотіли розмовляти так рано. Тому я просто зручно перевлаштувався на ліжку і знову заснув. Поки о восьмій ранку мене не розбудив затятий Лакрос.

Ми вийшли на ранкову прогулянку і, повернувшись, я спочатку насипав йому сніданок, а потім пішов на кухню, щоб приготувати собі каву. На кухонному столі стояла велика гора різних фруктів на старовинному золотому підносі. Там були м'ясисті грона зеленого та чорного винограду, ананаси, кокоси, ківі, яблука, груші, фініки, манго, кавуни та дині.

Я випив кави, зробив фреш собі і Карло і вийшов у двір до гаража подивитися чи там затримався мій друг. Машини Карло там не було. Тільки за 10 хвилин до будинку під'їхала знайома *Kia*. З неї вискочив Карло, як завжди в гарному настрої і з порога одразу запитав:

— Ну, що лапи, вуха, хвіст, ви готові їхати на пляж, чи все приготували?

— Ми вже давно готові. До речі, дякую за фрукти, я тобі і собі зробив із них фреш, хочеш?

Карло подивився на мене з подивом:

— Які фрукти? Я нічого не привозив.

– Не смішно, аміко міо. Ти забув? – Підігруючи другу запитав я. – Нам з Лакросом не впоратися з ними до нашого від'їзду. Ну що, по стаканчику фреш перед поїздкою? – запропонував знову я ведучи за собою на кухню Карло, який не міг зрозуміти жартую я чи ні.

Побачивши фрукти, він здивувався і зрозумів, що я не жартував. За виразом його обличчя, я теж зрозумів, що і він не розігрував мене.

– Чудеса! – сказав піднімаючи вгору руки емоційний Карло – якщо ні я, ні ти цього не приносили, то хто ж? Може там серед фруктів є записка? Ти не перевіряв, випадково?

– Ні, я був певен, що це твоїх рук справа, – нагадав я.

Ми вивантажили всі фрукти на стіл і почали шукати записку. Карло підняв піднос, щоб подивитися під ним і навіть скуштував його на зуб. Потім, покрутивши «тарілку» у різні боки, він простягнув її мені зі словами:

– Дивися Кевін, це золото з Єгипту – на підносі єгипетські малюнки: птахи, глеки, трикутнички, закарлюки. Не розумію, звідки він тут узявся!

Я став уважно розглядати піднос і раптом, у самому центрі, побачив напис «Ек».

– Дивись! – показав я Карло літери. Ти бачиш, що і я?

– А що ти бачиш? – запитав він.

– Ні, я перший спитав, що ти бачиш?

– Я бачу літери «Е» та «к» – дивлячись на мене прокоментував Карло.

– Точно! Значить, це правда! Я розповів другу все, що з нами сталося вчора і сьогодні на світанку. – Що ти про це думаєш? – нарешті спитав я.

– Хм… Давай я тобі краще розповім, що про це думають інші. – Карло дістав смартфон.

– Згідно з результатами *Google*, слово «гном» походить від латинського *genomus* – підземний житель. Живуть ці фантастичні істоти під землею без сонячного світла та кисню, і тому вони маленького зросту та сірого землянистого кольору.

– Цілком логічно і дуже схоже на твою історію. До речі, нещодавно натрапив на статтю про те, що в Туреччині випадково було знайдене глибоке підземне місто, яке обладнане вентиляцією та місцями для утримання тварин, а ще воно має вихід до моря і, на думку вчених у цьому «нью сіті» змінилося не одне покоління. Але ніхто не знає куди і коли поділися всі мешканці цього підземного міста. Як би там не було, – підсумував Карло зараз беремо речі і на море!

**6**

Море зустріло нас як старих друзів повним штилем та помірним сонцем. Як за замовленням спеціально для заморських блідолиціх туристів, сонце то світило яскраво, то ховалося за хмари, так що обгоріти було неможливо. Тепла морська вода жила своїм життям. Вона наповнювала повітря свіжістю і обволікала купальників живлющою вологою і прохолодою ніби ніжно захищаючи їх своїм «дотиком».

Недалеко від берега під водою снували мальки риб, а над водою та берегом, ніби літак з пропелером «розрізали» повітря настирливі мухи, але ні одні, ні інші й ніякі треті істоти навколо не могли відволікти чи перешкодити Лакросу ловити гумовий м'ячик або плисти за палицею в море. Для американського лабрадора це була не просто гра, а показник його відповідальної поведінки, від якої багато в чому залежало куди і коли Лакрос поїде відпочивати наступного разу.

# На острові Ельба

# 1

«Ельба» – слово схоже на італійське *«alba»*, що означає світанок сонця. Також воно співзвучне з ім'ям графині Альба – коханої жінки відомого іспанського художника початку XIX століття Франсіско Гойя Лусієнтес.

Словом «Ельба» названий невеликий за своїм розміром (всього 224 км$^2$) італійський острів, який до 1860 року належав Франції, а зараз він – сучасна легенда елітного середземноморського курорту в самому серці Італії. Сюди, у Портоферрайо, Каполівері, Каво, Ріо Маріну, Порто Адзурро… злітаються туристи з усіх «куточків» планети, щоб зробити селфі на незабутньому пляжі або біля стародавніх фортів та замків.

Все залежить від мети приїзду на острів. Багато хто їде сюди, щоб розгадати секрети, що збереглися в цілості з давніх-давен деяких вілл, веж і фортець. Наприклад, вілла дель Гротте, побудована ще у I столітті до н.е., саме про неї писав ще Овідій у своїх віршах.

Те ж саме стосується вежі Торре Сан Джованні XII – XIII століття в Уджетто, а також форту на Ріо д'Ельбе. Форт збудували стародавні етруски, та так, що піратам жодного разу не вдалося захопити цю могутню фортецю, не зважаючи на часті та тривалі облоги.

Є на Ельбі і такі гості, які вшановують колишню славу Наполеона Бонапарта. Вони приїжджають сюди п'ятого травня, коли тут за традицією з 1852-го року остров'яни перевдягаються в костюми наполеонівських часів і помпезно прямують вулицями Ельби, залучаючи у свято всіх людей, які їм трапляються. Це пов'язано з тим, що в 1814 році французький імператор і славетний полководець Франції був засланий на острів Ельба і до 1815-го року він встиг зробити багато хорошого для місцевих жителів. Він реорганізував видобуток руди на шахтах, побудував багато якісних доріг, розширив масштаби збуту місцевого вина до світових ринків і, крім іншого, провів низку військових та економічних реформ, а також ввів цивільний кодекс, яким, до речі, Франція успішно користується й досі.

Маленький острів Ельбу можна об'їхати всього лише за дві з половиною години на машині, а щоб обійти всі вілли і резиденції великого Наполеона не вистачить і кількох днів. Справжні шанувальники французького імператора прагнуть посидіти там над вивченням його книг, документів, особистих речей, розглянути грецькі статуї і скульптури, встановлені у садах його будинків, а також витратити час на фотозйомки кімнатних плафонів, розписаних фрагментами його життя художником Антоніо Равеллі. Тут можна побачити багато чого, в тому числі і з історії кохання великого вождя до своєї дружини Марії-Луїзи, яка займала особливу роль у житті Бонапарта.

Усі громадяни Ельби любили Наполеона Бонапарта і надавали йому всіляку гостинність та допомогу. Їм було дуже шкода, коли в 1815-му році йому спала на думку божевільна ідея втекти до свого Парижа і встановлювати там знову свою владу. Як потім виявилося, лише на 100 днів. А потім імператор уплутався в битву під Ватерлоо, зазнав там фіаско і був засланий на острів Святої Єлени, вже назавжди і незворотньо. Хто знає скільки б ще хорошого міг би зробити для своїх нащадків талановитий француз, якби у світі не існували сумні та доленосні обставини, які не знають ні часу, ні кордонів.

## 2

Тяжкі краплі дощу наче вогняні стріли врізалися в моє незахищене тіло і, здавалося, бурили в ньому глибокі наскрізні отвори до тих пір, поки не досягали монолітного граніту, на якому я чомусь лежав, згорнувшись у калачик і корчився від болю та холоду. Я гадки не мав скільки часу я провів у цьому жахливому місці, схожому на руїни якоїсь вежі чи фортеці і як я взагалі сюди потрапив. Втім, я не мав уявлення і про те, хто я такий і звідки родом. Мої думки були незрозумілими. Я не пам'ятав як мене звуть і як я жив до цього моменту.

Я подивився на всі боки і вгору. Наді мною сіріло затягнуте хмарами небо. Це мало чим допомогло мені зорієнтуватися який час доби зараз був і в яких географічних широтах я знаходився. Ясно було тільки одне: я маю швидше вибиратися з цього кам'яного холодного мішка щоб шукати допомоги.

Я спробував стати на ноги, перемагаючи сильний біль у правій стороні в області ребер. Спираючись на праву руку, я відчув біль у всьому тілі та в зап'ясті цієї руки, зокрема. Вона була напухла і зважаючи на все, всі пальці,ймовірно, були зламані, навіть мізинець. Не найкраще почувала себе і моя голова.

Мене не залишав настирливий дзвін і шум чи то у вухах, чи то в голові і страшно боліло в потилиці. До того ж мене сильно нудило і двоїлося в очах.

Вставши ж на ноги, я через пару хвилин знову звалився на гранітну підлогу через неймовірне запаморочення.

«Що ж робити, як бути далі»? – запитував я себе, шукаючи відповіді.

Я дуже змерз і промок наскрізь. На мені чомусь був мокрий одяг, який присмоктався до мого тіла і майже зрісся з моєю червоно-синьою від синців шкірою. Але мені не хотілося знімати з себе цю розірвану на шматки, брудну футболку, в яку я був одягнений, і широченні шорти, явно не мого розміру, щоб не залишатися зовсім голим і босим.

«Хто я такий», – мучився я тим самим питанням, – «і чому нічого не пам'ятаю?».

Я спробував закричати від безпорадності та страху, і покликати когось на допомогу. Однак виявилось, що в мене зникла не лише пам'ять, а й мій голос. Я марно напружувався, виштовхуючи з себе якісь звуки, але вони заховалися надто глибоко у мене всередині і тепер їм було важко вибратися звідти назовні.

Тоді я прислухався до себе і постарався визначити хоча б якою мовою я думаю. Але це мені не вдавалося зробити, бо щось у моєму мозку мені заважало зосередитися. І я почав просто шукати вихід із цієї купи старих руїн.

Незабаром мені це вдалося. Я зібрав усі свої сили і, перемагаючи сильний біль у всьому тілі, знову став на ноги. Спираючись на сирі, запліснявілі й слизькі стіни, я потихеньку дошкандибав до наполовину заваленого камінням виходу, за яким життя йшло своєю чергою.

**3**

Просто дивно, що поряд із цим місцем проходила широка асфальтована дорога, якою жваво рухався транспорт і паралельно пішохідними стежками, як мурахи, снували люди. На вигляд це були, швидше за все, туристи – за спиною у них були рюкзаки, а в руках – мапи. Я дуже відрізнявся від них своїм зовнішнім виглядом.

І щось підказувало мені, що не на мою користь. Мене відразу ж почали атакувати страшні припущення на кшталт: «А що якщо я щось накоїв протизаконного? А раптом мене шукають, щоб звинуватити в чомусь страшному?»

Що більше я про це думав, то більше запитань у мене виникало. І в результаті я дійшов висновку, що я не зможу просити допомоги ні в кого, оскільки нічого не пам'ятаю і взагалі не можу говорити.

Тому беручи до уваги моє становище, я захотів спочатку потягнути трохи часу, щоб оговтатися від фізичних каліцтв і потворних ран; привести себе в порядок і потім уже розібратися в тому, що зі мною сталося. І з цієї простої причини, я вирішив уникати максимум будь-яких контактів з усіма людьми і дочекатися у кущах наступу темряви, тільки після цього виходити вивчати місцевість.

Отже, підтримуючи рукою, чужі шорти,що сповзали з моїх стегон, я попрямував у глиб незнайомого міста. Я уникав центральних і добре освітлених вулиць і одразу взяв курс на маленькі вузькі вулички та темні провулки. Незабаром я натрапив на сміттєвий контейнер, біля якого стояли кухонні меблі, що відслужили своє, і кілька пакетів з нікому, крім мене, непотрібним одягом. Я взяв один із цих сміттєвих пакетів і заглянув усередину. Там були лише жіночі речі. Тоді я взяв інший пакет і, розкривши його, виявив, що в ньому є чоловічий одяг, а саме: джинси, футболка, гумові шльопанці та бейсболка від сонця на голову. Мені дуже пощастило, можна сказати, подвійно. По-перше, всі речі підходили мені за розміром; по-друге, мені не довелося їх красти.

За той час, поки я ходив містом, ніде поблизу не проїжджали поліцейські машини і не чулися сирени швидкої допомоги. Це могло свідчити про те, що населений пункт, де я перебував, був спокійним. Щоб краще його пізнати, мені треба було обійти його вздовж і впоперек, а ще прилаштуватися до когось із перехожих, які розмовляють по телефону або один з одним, щоб послухати якою мовою тут говорять і в якій країні я перебуваю.

Добре, тепер я був одягнений більш-менш відповідно до нинішньої моди, щоб не привертати до себе зайвої уваги. Пройшовши лише 200 метрів уперед, я натрапив на невелику площу, заставлену столиками із кав'ярні *«Il mare»*. Я подумки переклав із італійської «море». Підійшовши ближче, я помітив двох молодих дівчат, які весело балакали за останнім столом. Дослухавшись до їхнього діалогу, я з радістю зазначив, що легко можу розібрати зміст їхньої розмови:

— Знаєш, К'яро, — сказала одна дівчина, — здається мій Паоло веде подвійну гру. Вчора я почула, як він по телефону когось називав *«amore mio»*...

— Це такі дрібниці, Лорено, — відповіла К'яра. — Ось мій Жакомо тиждень тому запросив мене на танці, а потім сказав, що передумав і, коли я пішла сама танцювати, то побачила його там в обнімку з якимсь блондином. Він злякався, як заєць, і досі у мене пробачення просить…

Без сумніву, дами говорили італійською мовою і в мене навіть промайнула думка, що я і сам італієць, але подумавши трохи, я почекав з остаточними висновками.

Тим часом мені самому захотілося їсти і пити. З водою проблем не було, бо на площі дзюрчав фонтанчик із питною водою, а про їжу, зважаючи на відсутність грошей, можна було лише мріяти. Я був такий голодний, що не хотів миритися з порожнім шлунком, і тому мимоволі почав поїдати очима всі тарілки з піцею, які замовляли собі відвідувачі.

Я відійшов попити води, а в цей час Кьяра і Лорена встали з-за свого столика і почали повільно залишати кав'ярню. Я одразу, не роздумуючи, кинувся «шулікою» до їхніх тарілок з недоїдками піци, одним махом згріб все в свої руки і швидко втік у темний провулок, щоб там, не поспішаючи підкріпитися.

Щось усередині мене протестувало проти цього і підказувало, що це негарно, що це заняття не для мене. Але мій голод і мій інстинкт самозбереження були сильнішими за мій внутрішній голос і їм було все одно, чим я відновлюватиму свої сили, що буду їсти, щоб рухатися вперед на пошуки себе і правди; як допомагатиму собі з'ясовувати хто і що перетворило мене на нікого — без грошей, без документів, без слів, без усього у цьому світі, а головне — навіщо?

<h1 style="text-align:center">4</h1>

З цими думками я непомітно вийшов на широку стежку, яка вела рівною лінією вздовж моря. Звідкись долинала весела музика та безтурботний сміх молоді. Я відчував сильну втому і дуже хотів спати. Тому почав шукати зручний підхід до моря, щоб поспати на м'якому піску до перших променів сонця, а там вирішити, що робити далі.

Звернувши трохи вправо, я відразу відчув стійкий запах йоду, мулу та риби, що говорило про близькість моря. Я, мабуть, любив море, бо мені стало дуже тепло і затишно на душі, ніби я був на відпочинку.

Несподівано, мої солодкі мрії перервали верески та благання про допомогу. Десь неподалік від мене кричала і плакала молода жінка. Вона благала когось відпустити її додому, але чоловічі голоси, двоє чи більше, наказували їй замовкнути та підкоритися. Вони змушували її сісти в машину:

– Не тягни час, плутана. Не крути задом. Тут тобі не бразильський карнавал, – казав один із бандитів. – Лізь швидше у машину, а то гірше буде.

– Так, що ти з цією дурою возишся, штовхай її на заднє сидіння і все, – говорив інший. – Якщо буде далі упиратися, дай їй гарненько по морді, одразу слухняніше стане…

Я насторожився і вдивившись у темну далечінь, звідки долинали голоси, побачив два силуети хлопців, які намагаються насильно запхати в машину дівчину, що чинила їм опір.

Часу на роздум не було. Я схопив перший важкий камінь, що трапився під руку, і помчав на допомогу бідоласі. Підбігши ближче, ззаду, до одного з потвор, що нападали на дівчину, я запустив у нього камінь з усієї сили, і він тут же впав, не промовивши жодного звуку. Його дружок побачивши мене, розлюченого і повного рішучості розібратися і з ним теж, вважав за краще зробити ноги, жодного разу не озирнувшись.

Перелякана і заплакана дівчина, від перенесеного стресу, стояла як укопана біля машини і тремтіла, не в змозі зрушити з місця. Я добре розумів, що зволікати зараз не можна, але пояснити цього не міг. Тому я просто взяв незнайомку за руку і потяг за собою, куди очі дивляться. Тоді моя супутниця вже трохи прийшла до тями,і сказала:

— Мене звуть Луїза.

Ми бігли в глиб міста, а коли вибилися з сил і зупинилися перевести дух, я показав дівчині жестами, що я не можу говорити, але все розумію і чую.

— Дякую, що врятував мене. То були страшні люди. Так, що… ті люди — вони бандити і зараз вони шукають нас по всьому острові, я впевнена. Нам треба розбігатися у різні боки. Де ти живеш? – запитала Луїза.

Я тільки знизав плечима і заперечливо похитав головою.

— Ти, що не знаєш, де ти живеш? – перепитала дівчина, уважно мене розглядаючи.

Я подивився їй просто в очі і знову зсунув плечима. Було видно, що Луїза трохи розгубилася. Потім поколивавшися хвилину, вона серйозно сказала:

— Так, гаразд, не залишати ж тебе одного на вулиці просто неба після того як ти мене врятував. Зараз підеш разом зі мною в одне місце, де нас не шукатимуть як мінімум сьогодні, а там розберемося що і як. Уперед!

І ми знову побігли, що було сили прямо куди показала Луїза.

# 5

Через п'ятнадцять хвилин ми вже були в крихітній квартирці, яку тут називають монолокале. Кухня, спальня та передпокій не відділялися між собою жодними стінами та перегородками. Все було під рукою, як раніше в печерах. На щастя, архітекторам прийшла здорова ідея (можливо за обідом, коли вони якраз їли свою улюблену квасолю) розмістити все-таки туалет та душову кабінку окремо, за сучасними дерев'яними дверима та звукоізолюючою стіною. Це значною мірою робило концепт «монолокале» привабливим для тих, хто шукав зручний та економний варіант житла.

— Типова італійська нерухомість, — прокоментувала Луїза, помітивши мій зацікавлений погляд, що ковзав по всій квартирі і додала, — моя подруга Марина залишила ключі на тиждень і попросила доглянути кота Пухнастика.

Почувши своє ім'я, з-під крісла миттю вистрибнув величезний білий пухнастий кіт з блакитними очима і почав тертися об ногу Луїзи.

— Пухнастику, зараз ми тебе погодуємо, — сказала дівчина і погладила мурлика по блискучій шерсті.

Тим часом я пішов у душ. Ледве відчинивши двері, я побачив дзеркало, що висіло на стіні. З нього дивилося прямо на мене виснажене, дике, із синцями обличчя, сутулого чоловіка років 35 – 36-ти. Вперше за останній час я побачив своє обличчя. У мене було світле, але зліплене від бруду волосся, сірі очі і дуже великий грецький ніс. Коли я повернувся, Луїза запросила мене до столу, де були бутерброди та кава.

Ми їли мовчки, а наприкінці вона сказала:

– А я ж не знаю, як мені тебе називати. Як тебе звати?

Я зрозумів, що без аркуша, паперу та ручки справа не зрушиться з місця, тому попросив Луїзу принести мені щось, щоб я міг написати. І потім я написав їй все, що пам'ятав з того моменту, як прокинувся в зруйнованій цитаделі й до тепер.

– О, брате, у тебе справи ще гірші, ніж у мене, виявляється. То ж я дивлюся, що ти не такий як усі тут… Ти точно випадково сюди потрапив, але звідки?

Я теж спитав дівчину, як вона потрапила в таку ситуацію, що здоровенні мужики так грубо з нею поводилися.

– Знаєш, – почала Луїза, – я називатиму тебе Олександром, скорочено «Олє» чи краще «Алє-Алекс», ок?

— Алє, я ще раз тобі дякую, за те, що ти мене відбив у цих дебілів. Якби не ти, то я, швидше за все, вже була б десь у Туреччині, в публічному будинку. Адже я іноземка-нелегалка з Бразилії. До поліції скаржитися не піду, щоби не депортували. Ось усілякі виродки цим і користуються. Тут треба бути дуже обережним, оскільки всюди орудують мафії з різних іммігрантів. Вони не пропустять повз себе безправного іноземця. Хтось через них може вирушити в рабство, хтось на панель, а хтось на війну… Одним словом, не можна їм траплятися на шляху. Мене вони вирахували через мою подругу, яка їм заборгувала якийсь важливий комп'ютер, що за її словами, вкрали в неї вдома якісь крадії разом з іншими речами. Ось ці здоровані і шукають його тепер по всіх її подругах і по всьому острові. І не заспокояться поки не знайдуть або поки не виб'ють з когось усю правду, яка їм потрібна, а потім піди знай, що в них на думці.

— Луїзо, ти сказала, що ми на острові, що це за острів? Ми в Італії? – почав уточнювати я.

— Так, це Італія, острів Ельба.

— Я збираюся піти завтра до поліції, – написав я.

— У жодному разі, – заперечила Луїза. Тобі не можна йти до поліції. Адже ти маєш амнезію. Ти не пам'ятаєш навіть свого імені. Це небезпечно. На таку беззахисну людину як ти зараз, чого доброго, можуть ще пару-трійку нерозкритих справ повісити під шумок, типу, викрадення машини, моторини чи велосипеда і все... пташка в клітці. Потім не викрутишся. У мене є кращий план, – підморгнула мені Луїза. – Головне запам'ятай: ти тепер нелегальний іммігрант, як я. Тобі треба буде знайти роботу і жити, як усі, поки ти не згадаєш про себе хоча б щось, а тоді вже інша справа, можна й у поліцію. Завтра ми з тобою повинні будемо ні світ ні зоря виїхати з цього маленького острова до великого міста. Там легше загубитись у натовпі. Тут ми у всіх на очах як на долоні, тут усі один одного знають і нам не сховатись. Рано чи пізно ми потрапимо їм у лапи. Я зараз подзвоню своїй подрузі, щоб вона відвезла нас завтра на перший пором. А зараз лягай відпочивай і ні про що не думай. На добраніч.

<h2 style="text-align:center">6</h2>

Я швидко заснув, але мій сон був тривожний і переривчастий. Я прокидався кожні півтори години через кошмари, які мене переслідували як тільки я стуляв мої очі. Мені снилися якісь черевані, які говорили незрозумілою мені мовою і щось від мене вимагали. Коли ж я не розумів чого вони від мене хочуть, ці лушпаї нещадно мене били, потім давали мені трохи перепочити і знову продовжували мене катувати до моєї повної відключки.

Від нічних кошмарів у мене на лобі виступив холодний піт. Я ледве додрімав до ранку, сподіваючись, що новий день подарує мені нові сили, нові плани та нові світлі думки, а також, що до мене знову повернуться мої пам'ять та мова. Проте вранці, коли Луїза привіталася зі мною:

– Чао Алє, як спалося?

У відповідь я зміг тільки кивнути, як і раніше, а вона, бачачи мої зусилля, поспішила мене підбадьорити:

– *Chi va piano, va lontano* (тише їдеш – далі будеш), – сказала Луїза.

Я уважно слухав її і правду сказати, мені було байдуже, що вона зараз говорила. Я при яскравому сонячному освітленні вдивлявся, як вона все говорила. Ніжна і граціозна, смілива та розумна, вона говорила лагідним тоном і мені хотілося її слухати та слухати як приємну мелодію чи улюблену пісню.

– Я ось про що подумала, – перебила мої думки Луїза, – зараз приїде Роза, моя подруга і нам треба зібратися в дорогу, щоб нічого не забути. Тут вона подивилася на мене і на себе, зітхнула і сказала, – я маю на увазі взяти бутерброди з собою спочатку перекусити.

У двері подзвонили. Це була Роза.

В двері подзвонили.Це прийшла Роза.

– Привіт, – привіталася вона і відкликала Луїзу у бік. Вони шепотіли якийсь час, а потім Роза вийшла з квартири, а Луїза наблизилася до мене і її виразні горіхові очі зупинилися на моєму блукаючому погляді.

– Алє, послухай, – попросила вона. – Будь ласка, послухай мене дуже уважно. Після розмови з Розою змінилися плани. Я просто не можу зараз з тобою поїхати, але й тобі не можна чекати на мене тут. Ми зараз проводимо тебе на пором і ти спокійно поїдеш до Риму, наприклад, а я підтягнуся до тебе трохи згодом. Як тільки ти виберешся звідси, подзвониш мені і ми завжди будемо на зв'язку.

Говорячи це, вона дістала з сумочки 100 євро і свою візитку і вклала їх мені в руку.

– І ще одне… запам'ятай, це – дуже важливо. У будь-якому місті, де б ти не був, є парки, площі чи кав'ярні, де у вихідні зустрічаються ііммігранти, щоб обмінятися новинами з дому чи інформацією про роботу, або ж здати чи зняти житло. Можна знайти потрібних тобі іноземців і в місцях, де відправляють гроші на

Батьківщину, *Western Union, Money Gram* та інші. Спочатку на житло грошей тобі має вистачити, але ти ворушись швидше, хапайся за будь-яку роботу.

Найголовніше, що ти знаєш італійську мову. Ось! І не нудьгуй! Я впевнена ми скоро побачимося знов. Я не мав сили щось заперечувати, але всім своїм виглядом показував Луїзі, що їй не можна тут більше залишатися.

Ми мовчки вийшли з квартири Пухнастика і сіли до Рози в машину. Їхати було недалеко і за десять хвилин ми зупинилися на стоянці біля причалу, де вже повним ходом йшло завантаження автомобілів у нижній відсік порома до Пьомбіно. Пасажири, що поспішали зайняти свої місця на верхній палубі судна, піднімалися вгору сходами з лівого боку. Луїза метеликом пурхнула в касу за квитком і за п'ять хвилин я вже піднімався разом з усіма на величезний вантажний корабель з безліччю машин і людей на своєму борту.

У мене защеміло серце. Я повернувся назад і підбіг до Луїзи. Мені було дуже шкода розлучатися з нею, і я її міцно обійняв і поцілував у щоку. Луїза розплакалася і повторила:

– Я вірю ми зустрінемося, Алє.

Я повернувся на пором, уже не оглядаючись. Тим часом пором йшов за графіком і без будь-яких відхилень. Навколо була доброзичлива атмосфера і люди весело щебетали та жартували з різного приводу. Дивлячись на них, я майже забув про пильність і про те, що злодії, які нас шукають, можуть бути на цьому поромі теж.

Тоді я обережно озирнувся навкруги і переконавшись, що на мене ніхто не звертає уваги, розслабився на 40 хвилин до самого Пьомбіно.

<h1 style="text-align:center">7</h1>

Я вирішив не їхати до Риму, а довірився нагоді, що звела мене на поромі з однією літньою синьйорою, яка без кінця тріщала по телефону зі своєю родиною. Вона сиділа поруч зі мною і мені було чути, як вона з любов'ю розмовляла зі своїми ближніми. Вона обіцяла своїм дітям, що багато часу проведе зі своїми онуками в аквапарку, на морі та в саду після приїзду додому, у Чечена.

Я зустрів цю синьйору знову на залізничному вокзалі, коли вона брала квиток. Там теж вона говорила по телефону без зупину. Оскільки вона справляла враження доброї персони, то я подумав: «Мені все одно куди їхати, але якщо в Чечені живуть такі теплі, домашні люди, поїду туди». Я купив квиток до Чечену і вирушив у дорогу.

Місто мені одразу сподобалося. Воно було невеликим і тихим. Скрізь шелестіла молода зелень, ще не пошарпана весняними вітрами та літньою спекою. У повітрі пахло магією місяця травня, що наповнював весь простір тонким запахом камелій, гліциній, агапантусів, азалій, рододендронів та простих милих ірисів.

Я йшов містом і жадібно пив повітря волі, вдивляючись у вулиці міста. Я був щасливий, що я не помилився, приїхавши сюди до Чечену. Ця радість ударила мені в голову і я не помітив, як поперся на червоне світло світлофора на пішохідному переході. У результаті в мене врізався спортивний автомобіль, який щойно від'їхав від аптеки. Я захитався і впав на дорогу. Водій спортивного автомобіля різко загальмував і вибіг із машини.

Побачивши, що я живий, але загальмований, він тут же накинувся на мене з образами, думаючи, що я ще й п'яний.

– *Cornuto*, – кричав він, – *come mai, dove vai, cretino*? *Vuoi mandarmi a gallera*?

Він кип'ятився не на жарт і мені почало здаватися, що цей водій ось-ось накинеться на мене з кулаками. Найгірше було те, що я не міг підвестися на ноги без сторонньої допомоги, а він не поспішав мені допомагати. І тоді я від образи і злості як заволав:

– *Anche tu, sei cretino; dammi mano, aiutami*!

Від стресу в мене прорвався голос, але я не одразу в це повірив. Сльози радості помчали з моїх очей. А водій, мабуть, подумав, що перегнув палку і кинувся до мене теж зі сльозами та вибаченнями. Він запитав, чи не хочу я до шпиталю на обстеження. Я відмовився. І тоді він допоміг мені піднятися на ноги, обійняв мене і витяг зі своєї кишені 200 євро; після чого сунув мені їх у кишеню джинсів.

Я теж вибачився перед ним за те, що створив таку ситуацію і надалі пообіцяв, що я буду уважним на дорозі. А в душі я дуже дякував саме за цю ситуацію, що допомогла мені знову знайти мій голос. Виявляється, яке це диво – вміти вимовляти прості слова! Це зовсім інше життя зі словами та звуками! Я не хотів би знову втратити їх, тому я йшов дорогою і без кінця запитував у перехожих якусь інформацію, на кшталт: «як мені пройти в магазин, де продаються продукти харчування». З відповідей людей я зрозумів, що такий магазин є, це – «Євроспін» і він знаходиться зовсім поряд. Я пішов туди, щоб купити трохи хліба на вечерю. Походивши між рядами з делікатесами та сирами, я вирішив купити собі ще трохи ковбаси, оливок і французський багет.А поки я все це вибирав, я почув іноземну мову, на ній спілкувалися дві жінки. Я підійшов до них ближче і переконався, що жінки не схожі на звичайних туристок. Тому слідуючи пораді Луїзи – шукати іноземців, які можуть допомогти з роботою та житлом, я вийшов з магазину і став біля входу на них чекати.

– Чао, – звернувся я до жінок, коли вони вийшли, – вибачте, що я забираю ваш час, але не могли б ви мені підказати, де тут є парк чи площа для іноземців, щоб спитати про роботу та знайти житло?

– Чао, – дружно відповіли ті, – ми не тільки тобі скажемо, ми тебе із задоволенням проведемо тому, що ми самі зараз туди прямуємо. Так що йди за нами і не відставай!

– Дякую вам, – зрадів я.

– Ти, мабуть, щойно приїхав, – поцікавилася одна з жінок.

– Так, так сталося, що я приїхав один без свого друга і нічого тут не знаю. Я взагалі в Італії вперше, – відповів я.

– Тоді зрозуміло, це нелегко, самі через усе проходили. А звідки ти родом? – запитала інша жінка.

— Ах, так, давайте знайомитись, — запропонував я. — Мене звуть Олександр, я з Бразилії.

— Дуже приємно, а ми з Польщі – Малгожата та Єва, – закивали по черзі головою «добрі самаритянки». Потім Єва запитала мене:

— А ти б пішов на квартиру, де здають не повністю кімнату, а тільки ліжко-місце?

— Так, звичайно, мені б для початку десь влаштуватися.

— Ок, тоді запиши номер телефону одного пакистанця, Жабара. Він здає нічліг тут неподалік від вокзалу. Подзвониш йому і домовишся, – сказала Єва і продиктувала мені номер пакистанця.

— Ви мене вибачте, але в мене ще немає навіть телефону, чи не можна зателефонувати з вашого мобільного, я вам заплачу, зараз же, – попросив я Єву.

— Ще чого, заплатить він, — втрутилася Малгожата. Не треба платити нам. Ми самі колись були як ти – без друзів, без роботи… Днями холодними вулицями тинялися, ніде було голову прихилити. - Говорячи це жінка простягла мені телефон і сказала:

— Дзвони швидше Жабару, щоб сьогодні на вулиці спати не довелося.

Я набрав номер Жабара 338 4569…

– *Pronto, pronto* – почувся у слухавці молодий чоловічий голос.

– Чао, – почав я розмову. – Мені треба зняти місце для ночівлі. У вас є вільні місця?

– А хто вам дав мій номер? – запитав Жабар.

Я запитливо подивився на Єву та Малгожату і вони кивнули мені на знак згоди назвати їхні імена пакистанцеві.

– Єва та Малгожата з Польщі дали ваш номер і вони зараз поряд зі мною, якщо потрібно…

– Ні, ні, – зупинив мене Жабар, у мене зараз є одне місце і якщо ти під'їдеш прямо зараз, то зможеш його зайняти.

– Дякую, я скоро буду. Продиктуйте адресу, будь ласка, – попросив я господаря квартири.

Після цього я повернув телефон моїм рятівницям, подякував їм від щирого серця за їхню участь у моїх проблемах, записав їхній телефон і пообіцяв запросити їх у кав'ярню на морозиво з моєї першої зарплати, а сам побіг дивитися квартиру.


## 8


– Проходь, сказав Жабар, впускаючи мене до своєї двокімнатної квартири. Він подав мені праву руку і сказав:

– Ласкаво просимо, я Жабар.

– Дуже приємно, мене звати Олександр або скорочено Алє, – відповів я і потис йому руку у відповідь і відразу запитав скільки грошей мені потрібно буде платити за постій.

– Ти проходь у кімнату, Алє, оглядайся. Я беру вже не 7, а 8 євро за добу, бо сам, знаєш, ціни зростають, а в мене люди користуються і газом, і душем, не те, що інші; – гроші беруть, а мешканців пускають додому тільки о восьмій вечора і дозволяють їм перебувати там до восьмої ранку, а потім, броди, де хочеш, як собака; під дощем, голодний по спеці та холоду. Пакистан не такий… Ти, до речі, звідки? – Зазирнув мені в очі пакистанець.

– З Бразилії.

– Ок, мені все одно. Поки в цій кімнаті ти житимеш сам, а через тиждень має приїхати мій друг Акрам. Він спокійна, мудра людина, поладите з ним. Тобі підходить? І давай відразу просто на «ти».

Я, звичайно, сказав, що мене все влаштовує і заплатив наперед господареві квартири 112 євро за два тижні. Але насправді квартира Жабара залишала бажати кращого. Вона була дуже брудною та недоглянутою. Крани води у ванній кімнаті не працювали, раковини та унітаз були запліснілими, але хоч без нудотних запахів. Що було ще дивнішим, то це забиті вікна. Вони виходили на проїзджу частину і Жабар не хотів, щоб роззяви в них заглядали. Тому в будинку з ранку до вечора горіло електричне світло. А мені, нелегалу, це було лише на руку.

Час летів. Тридцяти шести річний Жабар виявився веселим і працьовитим хлопцем без шкідливих звичок. Окрім роботи на шкіряній фабриці, він ще підробляв у свій вихідний садівником і прибиральником на місцевих віллах. До своєї роботи він ставився з гумором, тому завжди смішив мене розповідями про місцеву знать, коли ми збиралися разом, щоб повечеряти чи зіграти партію у шахи.

— Алє, — зазвичай починав він, — а в твоїй країні, як тут, в Італії, заведено говорити за обіднім столом скільки разів ти сьогодні справляв потребу або схоплюватися з-за столу і оголошувати всім, хто обідає, що тобі закортіло пупу чи піпі?

— Ні, у Бразилії люди відповідально ставляться до їжі, — відповів я.

— А ось синьйор Франко вічно псує всім апетит своїм метаболізмом, і ніколи руки не миє. Піде в туалет, повернеться і починає передавати їжу немитими руками іншим людям — обурювався

Жабі (так я його згодом став називати, на французький зразок).

— А всі що? – запитав я.

— А всі вже звикли. Або краще сказати, що такі самі точно як і він сам. Його дружина, наприклад, синьйора Матильда – вчителька у школі, ввічлива, культурна, а сяде за стіл і замість серветки витирає рот скатертиною, якою накритий весь стіл. Одного разу, вона так захопилася, що мало не стягнула на себе гарячий суп із супницею, – захоплено просвітлював мене чудик.

Іншими днями Жабар переходив на особисті теми, де він виставляв себе супер Донжуаном і Казановою. Він розповідав, як жінки з усього світу прагнуть зустрічі з ним, і він нікому з них не відмовляє. Хоча вдома, в Пакистані, він має дружину і двох синів.

Мені ці хвастощі ніколи не приносили задоволення і я слухав свого лендлорда тільки з банальної ввічливості.

Якось, прийшовши додому після роботи, Жабі спитав у мене.

— Ким ти працював у Бразилії?

— Е-е-е, молодшим продавцем в овочевому магазині, – збрехав я.

– Ну, тоді ти впораєшся, – відповів господар мого ліжкомісця, – я знайшов тобі роботу в торгівлі.

– Дякую, Жабаре, – заплескав у долоні я, коли виходити на роботу, я хоч зараз готовий.

– Алє, робота на морі, – спокійно пояснював Жабар, – до неї треба трохи підготуватися. Я сам із неї починав і непогано заробляв за сезон від трьох до п'яти тисяч.

– А що я робитиму на морі? Ловити рибу, а потім її продавати в магазині чи навіщо ти спитав про мою колишню роботу?

Пакистанець голосно засміявся:

– Вибач, я забув, що ти у нас новенький. Працювати на морі – це означає носити пляжем і продавати окуляри від сонця, крем від засмаги, парасольки, біжутерію, капелюхи, надувні м'ячі… Одним словом, все, що потрібно для відпочинку на морі і власне, все, що не потрібно, теж. На мою думку Жабі зрозумів, що я збентежений і спробував мене підтримати:

– Не журися, я піду із тобою спочатку, покажу тобі, що як працює. Дам тобі, як то кажуть, безкоштовний майстер-клас. А якщо не хочеш на цю роботу, то в мене є інша. Я якраз сьогодні приятеля зустрів Юру з України; його звільнили і тепер є вільна ваканція. Сказати яка? – з лукавим вогником в очах спитав мене Жабар.

– Звісно, скажи, я слухаю.

– Гаразд, слухай, – сказав він, – Юра працював у однієї сліпої італійки. Він був її водієм та рештою. І все б так і продовжувалося. Але синьйора з деяких пір ревнувала Юрка. Вона часто почала запрошувати свою сестру, щоб та перевіряла Юрин телефон. І одного разу їм пощастило. Жінки знайшли у його мобільнику листування та дзвінки до подруги Юри з України. Люба, (так звали українку) працювала в цьому ж місті в одній італійській родині і нічого не знала про пригоди Юри.

Сестри їй подзвонили і все розповіли. Після чого вони звільнили Юру та його робоче місце стало вільним на тих самих умовах. Ну то як?

– Море, звичайно ж, море! – рішуче заявив я, чим сильно насмішив мого квартиродавця.

– Ось бачиш, друже, то жодної роботи, то впали одразу дві, «бери не хочу», – сміявся він.

Жабар сказав, що допоможе мені придбати в борг товар для моря і ми на вихідних поїдемо разом його продавати.

**9**

Не було жодного дня, щоб я не дзвонив Луїзі. Я думав про неї як про єдину рідну мені людину на цій землі. Я не міг збагнути, чому вона мені не відповідає. Іноді я думав, що Луїза хоче забути про нашу зустріч і тому не бере слухавки. Іншим разом, я припускав, що їй все набридло в Італії, і вона повернулася до себе в Бразилію. Але найчастіше я боявся, що вона знову потрапила до лап якихось бандитів і тепер знайти її буде нелегко. Щоразу мені хотілося просто все кинути і зірватися з місця, щоб помчати до неї, на клятий острів і самому все перевірити. Але як не глянути на цю проблему, все складалося поки що проти мене. Оскільки грошей у мене ще не було, фізично повністю я не зміцнів, документи були відсутні теж, єдино корисне рішення зараз було одне — залягти на дно, тим часом заробити трохи грошей на пристойний одяг, щоб не привертати до себе уваги, а також роздобути якусь хоч трохи бойову зброю і тоді повернутися на Ельбу і дізнатися, що там коїться.

— Жабар Хусейн виявився господарем свого слова. Буквально через день після нашої розмови, він уже приніс мені додому цілий рюкзак жіночої біжутерії для моря, а також кілька видів пасатижів, пінцет, волосінь, застібки, вушка для сережок та окремі камені, щоб ремонтувати та реставрувати поламані речі. Разом із цим товаром, він вручив мені блокнот із сумою, яку мені треба буде повернути за місяць.

А наступного дня, у суботу, Жабі взяв невеликий кейс і дбайливо вклав туди першу партію жіночих прикрас та сонцезахисних окулярів для моря.

— Так, друже мій, — сказав він, — сьогодні я буду твоїм учителем, а ти моїм учнем. Отже, урок 1: покупці цінують більше не те, що ти їм втюхуєш, а те, як ти це їм втюхуєш. Якщо ти запропонуєш їм навіть корону міс Італії, але не виявиш належного красномовства, у тебе її ніхто не купить, а от якщо ти принесеш їм простий крем від засмаги і будеш його розхвалювати на всі голоси, роблячи покупницям ненароком компліменти, вони у тебе його куплять і ще своїх подруг приведуть. Зрозуміло?

— Так.

— Тоді дивись уперед; бачиш під парасолькою стара дамочка сидить і нудьгує на самоті? Їй ми потрібні.

— Як на мене, так і не нудьгує, а відпочиває від усіх, — висловив я свою думку.

– Неправильна відповідь, – поправив мене Жабар. – Ходімо до неї.

– Доброго дня, «синьйорино», – розплився в солодкій усмішці мій приятель. – Що ж ви тут нудьгуєте? Ваш наречений не боїться залишати вас без супроводу?

Синьйора, мабуть, була в хорошому настрої та ще й доброї вдачі, на додачу. Вона трохи поблажливо усміхнулася, але відповіла:

– Дякую, молоді люди, за синьйорину; ви мене приємно потішили. А на рахунок супроводу, то мій дід після сорока років спільного життя зі мною, ще й подарунок купить тому, хто мене вкраде.

Тут ми всі засміялися і Жабар відкрив свій кейс зі словами:

– Подивіться, будь ласка, синьйоро, може ви щось собі купите під колір ваших магічних зелених очей?

– Ну який молодець і тут він не забув про комплімент, – сказала дама, перебираючи браслети і сережки.

Нарешті, вона придивилася собі коралове намисто і такі самі сережки і ми подякувавши їй за покупку, пішли працювати далі. До вечора ми розпродали всю валізку і втомлені повернулися додому. Увечері ще Жабі навчив мене робити ремонт поламаної біжутерії та створювати нові прикраси.

Мені подобалося це заняття. Це було креативно та круто. Незабаром ця справа стала моїм хобі і я міг годинами безперервно займатися улюбленою справою. Мої старання не пройшли даремно. Вони приносили мені щедрі плоди. І вже до середини серпня мій товар став найходовішим на пляжі. Мене з нетерпінням чекали покупниці, щоб купити якусь дрібничку або просто під цим приводом трохи поговорити зі мною ні про що, тому що до цього часу я навчився добре розповідати історії не тільки про мій товар, а й про новини гороскопа, наприклад, який я щодня слухав за сніданком чи плітки від Госсипа, які я іноді сам складав на ходу.

В результаті, за порівняно короткий час, я не тільки розрахувався з Жабаром, але й назбирав уже трохи грошей для себе. Я мріяв, як я зроблю Луїзі гарну біжутерію своїми руками і подарую її їй, коли поїду на Ельбу.

Допрацювавши до кінця вересня на морі, я почав готуватися до від'їзду на острів. У мене було все, що треба, крім зброї і я не уявляв, де її можна роздобути. Щоправда,схилявся до думки, що першого про це треба спитати Жабара.

Якось увечері я зайшов у магазин, купив пива «Хенекен» і зібрався запросити на вечерю Жабі. Повернувшись додому, я застав його за незвичайним для нього заняттям. Він робив генеральне прибирання в квартирі, розгрібав старий мотлох у себе в шафах і складав його у великі сміттєві пакети. Серед іншого я помітив невеличкий ручний арбалет.

— Чао, белло, що це ти таке тут робиш? Невже ремонт затіяв? — почав я здалеку.

— Так, набридло вже це сміття тримати роками в будинку. Дихати, розумієш, нема чим. А люди приходять поживуть, потім підуть, а речі залишають мені, щоб не тягатися з ними всюди, а потім або забувають або не хочуть їх забирати; та тільки в мене терпець уже урвався.

Я винесу все це на двір у смітник і нехай там потім шукають, — зізнався мені Жабар.

— Ну коли закінчиш, я запрошую тебе на пиво, — сказав я хлопцеві і показав дві пляшки «Хенекена», а потім спитав побіжно, киваючи на арбалет — а це що за іграшка? — Теж сміття?

— Так, а тобі треба? Якщо потрібно, бери, у мене і стріли є в якомусь пакеті, можна знайти. Жив у мене один хлопець із Болгарії — спортом займався і любив із цього луку стріляти в парку. Залишив мені, а я не повернутий на стрілянині.

— Я більше в шахи чи шашки, як ти знаєш. Прошу, бери бо викину, — сказав Жабі і простяг мені арбалет.

Я взяв його та уважно вивчив. Арбалет виявився зручним, із прекрасним прицілом та із сучасним пристроєм для швидкої перезарядки стріл. Пусковий механізм був у робочому стані і з близької відстані цей арбалет міг бути небезпечною зброєю.

— Стріли, здається, у тому пакеті зверху, — вказав Жабі на чорний мішок, — подивися, якщо підходять — дарую! Гей, Алє, а може тобі, щось ще стане в нагоді, то вибери собі все, що треба і мені менше виносити буде, — пожвавився Жабар від приємної перспективи.

— Ну ти теж скажеш… тобі не треба, а мені навіщо? Ти краще ворушись і закінчуй швидше, а то пиво нагрівається, — підганяв його я.

Коли ми сіли за стіл вечеряти, я обдурив Жабара, що сьогодні отримав пропозицію попрацювати у Римі і завтра їду дивитися на роботу. Якщо сподобається, то залишусь там, а якщо ні, то повернусь. Наступного ранку я поїхав на Ельбу.

# 10

Тільки наближаючись до острова, я згадав, що не знаю адреси Луїзи, але візуально пам'ятаю дорогу до кота Пухнастика. Його господиня Марина, подруга Луїзи, у будь-якому разі мала давно повернутися з відпустки. Якщо вона нікуди не переїхала. Тому, як тільки я зійшов на берег, я припустився швидким кроком до квартири Марини. Підійшовши до знайомих дверей, я прислухався до звуків, що лунали зсередини. Мені здалося, що там були чоловіки та одна жінка. Я вклав про всяк випадок стрілу в арбалет і сховав його за спиною, відвівши праву руку назад.

Потім я подзвонив у двері і її відчинила симпатична незнайомка років тридцяти.

— Чао, я Алє, друг Луїзи. А ти Марина, правда? Ми були якось разом з Луїзою тут і годували твого Пухнастика, — почав пояснювати я свою історію дівчині, але різко мене перервавши, вона грубо сказала:

— І що тепер? Чи мало хто тут був раніше і з ким, йди геть.

— Я б із задоволенням, але не можу, доки не знайду Луїзу. Ти знаєш, де вона? — наполягав я.

— Не знаю ні я, ні хтось ще. Вона поїхала.

В цей час за спиною Марини намалювався високий міцний качок і почав мені загрожувати:

— Геть звідси, поки є чим ходити і забудь сюди дорогу.

— Мені треба знайти дівчину, яку я кохаю. Скажіть хоча б хто ще може знати де вона? — не вгавав я.

Тоді здоровань відштовхнув Марину вбік і вийшов до мене.

— Зараз я спущу тебе зі сходів, закоханий…

Я не дослухався до його порад і швидким рухом руки прицілив арбалет йому в обличчя.

— Назад! — рішуче наказав я і зайшов слідом за дівчиною та здоров'яком у квартиру, повторюючи своє запитання.

— Як я можу знайти Луїзу?

Як виявилося пізніше, це була неправильна тактика з мого боку, оскільки відповіді на своє запитання я не отримав, але інший здоровань, що знаходився в квартирі, вибрав момент, підкрався до мене ззаду і огрів мене чимось важким по голові. Я відключився, втратив багато крові та впав у кому. Бандити подумали, що я помер. Вони розділи мене і запакували в поліетиленову плівку. А потім, коли стемніло відвезли до зруйнованої фортеці та привалили камінням.

Я не знаю, скільки часу я ще валявся б там, але одного разу я побачив Марину, ту саму, подругу Луїзи. Вона підійшла до мене і мирно спитала:

— Ну і скільки часу ти ще тут ніжитимешся в прохолоді, Джон Логан? Вставай у тебе ще багато невирішених справ попереду. Сам же казав, Луїзу шукаєш. Та й Пухнастик один голодний сидить у замкненій квартирі, його час погодувати.

— Звідки ти знаєш моє ім'я і як ти знайшла мене тут, Марино? І чому сама не погодуєш свого кота? — запитав я.

— Як я його тепер погодую, я ж мертва, — сумно сказала дівчина.

— Прошу тебе, Марино, не жартуй так. Зараз не час розігрувати одне одного.

— Я не жартую… позаду мене є синя тінь, як надгробок із датою та місцем мого поховання. Подивися й сам переконаєшся, — спокійно сказала вона.

Я заглянув за спину Марині і побачив синю брязкітливу тінь, схожу на голограму. Там було написано 27-го вересня 2017-го року і зображено камені цієї фортеці. Судячи з дати це був день мого приїзду на Ельбу.

— Я нічого не розумію, — сказав я. І побачив біля себе ще двох чоловіків, що раптово виникли звідкись. Я злякався, бо подумав, що це якісь нові бандити прийшли добивати мене, але Марина заспокоїла мене. Вона сказала:

— Не бійся, вони теж мертві та живуть тут уже давно. Я подивився на їхні тіні і побачив те ж каміння, але дати поховання були трьома і п'ятьма роками раніше.

— Але як ти тут опинилася, Марино?

— Дуже просто. Коли тебе вирубав Мауріціо, я побачила кров і почала кричати. Він стукнув і мене теж, і влучив у скроню. Я шкодую, тільки про те, що Пухнастик голодний. Ти маєш його нагодувати.

— Звичайно, я тобі обіцяю, якщо в мене буде така можливість. А ти знаєш де Луїза? — знову спитав я.

— Я все знаю, але вона не веліла нікому нічого казати.

— Скажи бодай, вона в Італії?

— На Калабрії, — відповіла Марина і додала, — тобі треба поспішати, йди звідси швидше.

В цей час інші чоловіки, які були з Мариною разом, заговорили зі мною різними мовами, але я чудово їх розумів.

Вони хотіли, щоб їх знайшли їхні рідні, щоб я привів їх сюди. Я також дав їм обіцянку.

Тут я відчув, що задихаюсь. Мені не вистачало повітря всередині плівки, в яку я був загорнутий. На моє щастя, мої руки не були зав'язані і я зміг пальцем проткнути дірку в поліетилені. Поступово я розірвав мішок до потрібного мені розміру і повільно вибрався з-під каменів, що навалили на мене. Бандити особливо не подбали, щоб я не виліз; інакше вони б мене прикопали глибше.

Я озирнувся довкола. Скрізь темрява та нікого навколо. Я покликав Марину, але вона вже зникла зі своїми друзями по нещастю. Я зрозумів, що нарешті вибрався з цієї стародавньої руїни, коли мені вдарив у ніс свіжий осінній вітер. Я повз по траві до тих пір, поки не втратив сили.

# 11

— Доброго ранку, ви прокинулися, тепер у вас все буде добре, — сказала жінка в білому халаті і покликала ще одного лікаря.

До мене підійшов середніх років лікар із фонендоскопом навколо шиї і запитав:

— Ви пам'ятаєте, хто ви? Як вас звати?

— Так, я все добре пам'ятаю. Мені треба погодувати кота та поговорити з поліцейськими. Яке сьогодні число?

— Сьогодні 3-го жовтня 2017-го року.

— Мене звуть Джон Логан, я вчитель іноземних мов із Сан Дієго в Америці… Будь ласка, я обіцяв врятувати кота, пошліть когось за адресою вул. Мадзіні 5, квартира 16…

— Не хвилюйтеся, врятуємо ми вашого улюбленця, сказав лікар.

— Його звуть Пухнастик, дякую.

Того ж дня до мене прийшли два карабінери, і я розповів їм усе, що пам'ятав, починаючи з першого дня мого прибуття до Італії.

Я давно мріяв подорожувати Європою і коли, нарешті, накопичив потрібну суму грошей, вирушив насамперед до Італії подивитися Венецію, Рим, Турин та острів Ельбу, де колись жив мій кумир Наполеон Бонапарт. Пам'ятки, пов'язані з Наполеоном, я залишив наостанок, щоб не поспішаючи зняти на камеру всі місця та предмети, що оточували колишнього імператора. Я приїхав на острів Ельбу і нічого не підозрюючи, ходив і милувався красою цього краю. Випадково біля палацу Муліні, я звернув увагу, що за мною слідували якісь підозрілі особи. Вони нахабно за мною ходили скрізь і навіть не ховалися. І ось, вибравши слушний момент, коли я йшов тротуаром уздовж дороги, вони зупинили біля мене свою машину, двоє з неї вийшли і нічого мені не пояснюючи, зробили мені укол в руку, а потім посадили мене на заднє сидіння автомобілю і кудись відвезли. Я прокинувся в якомусь підвалі зі зв'язаними руками без речей, в одній спідній білизні.

Викрадачі спочатку вимагали у мене *PIN*-коди на всі мої банківські картки, а потім пароль від комп'ютера та чеки на величезні суми, мабуть, вважаючи, що всі американці – мільйонери.

Я намагався по-людськи пояснити, що я просто учитель з величезними невиплаченими ще кредитами за будинок, в якому я живу зі старенькою мамою і собакою, що я все життя відкладав гроші, щоб приїхати подивитися Італію… Але це злочинців мало цікавило. Вони вимагали за моє життя 200 тис. доларів і були певні, що я їх знайду. Кожна моя спроба закликати їх до розсудливості закінчувалася побоями. Бандити знущалися з мене з витонченою жорстокістю. Вони катували і били мене до тих пір, поки одного разу я не втратив дар мови і мало не перетворився на овоч. Тоді вони зрозуміли, що перегнули палку і я не те, що платити не зможу, я більше жити не зможу нормально. Вони знову мене чимось укололи і відвезли в вежу і кинули напризволяще, але доля зглянулася наді мною і я зустрів Луїзу, потім полячок, Жабара і знову приїхав на Ельбу. Пішов до Марини і нарвався на інших відморозків.

Я попросив поліцейських уважно перевірити фортецю, де я був двічі, бо підозрював, що там ще могли бути трупи. І невдовзі звідти витягли зітлілі тіла двох чоловіків убитих набагато раніше. Один із них виявився безвісти зниклим французом, а інший голландцем. Їхні родичі потім перевезли останки на їхню батьківщину. Труп Марини з раною біля скроні, теж виявився глибоко закопаним у фортеці.

Я попросив владу повідомити про мене Луїзі, яка, ймовірно, перебувала в Калабрії. На мій подив її дуже швидко знайшли і вона відразу повернулася на острів допомагати слідству і, щоб відвідати мене в шпиталі. Вона розповіла, як бандити викрали її і Розу того дня, коли я відплив з острова і повезли їх на яхті у відкрите море, щоб їм ніхто не заважав допитувати бідолаг про той злощасний комп'ютер. Луїза добре плавала і під шумок зістрибнула з яхти, що йшла на повному ходу, і змогла втекти від бандитів. Про долю Рози нічого невідомо.

Коли я розповів поліцейським, що чув окремі слова з мови, якою спілкувалися бандити перший і другий раз, коли я був на острові, мені одразу показали кілька фотографій місцевих ділків і я впізнав декого із них. Усіх бандитів знайшли та заарештували.

Луїза забрала Пухнастика до себе. Я вийшов із лікарні і ми з нею поговорили.

— Луїзо, поліція допомогла відновити мені документи, необхідні для того, щоб повернутися до Америки і скоро я поїду. Я хотів тобі сказати, що ти мені одразу дуже сподобалася і я міг би захистити тебе від можливих проблем, із якими рано чи пізно стикаються усі нелегали. Коротше, я пропоную тобі вийти за мене заміж і отримати найнадійніше у світі громадянство — американське, — сказав я і дістав з кишені каблучку.

— Не скажу, що це неприємно, але надто несподівано, — констатувала Луїза.

— А чого нам ще чекати? Ми пройшли дуже багато за короткий час, що інші люди взагалі у своєму житті не проходять, а тепер ми житимемо довго та щасливо.

— Я згодна, — сказала Луїза і простягла мені ліву руку.

Невдовзі Луїза стала місіс Логан і ми ніколи не шкодували про те, що пов'язали свою щасливу долю за таких нещасливих обставин.

# Червоний дельфін

# 1

Ліза Ондаріні летіла з Галіфаксу до Риму на всесвітній конгрес океанологів, присвячений проблемам світового океану. У середньому такий переліт триває вісім годин плюс зліт, плюс посадка, плюс страхи та паніки тих, хто летить уперше так високо над примхливими водами Атлантичного океану. І, на жаль, незважаючи на те, що сучасні літаки відволікають своїх пасажирів від всіляких хвилювань та стресів інтернетом, а також смачною їжею та напоями, розслабитися до кінця вдається не всім.

Лізі сервіси та технології точно не допомагали. Вона час від часу, як у школі перед іспитом, бігала в кінець літака, поки не взяла себе в руки і не почала складати список місць у Римі, які вона хотіла б подивитися. Це був, насамперед, звичайно ж, Ватикан – єдина країна у світі, куди можна сходити пішки, а не з'їздити чи не злітати як до інших країн. Круто! Потім п'яца Навона. Кажуть, там цілий рік вуличні музиканти дають концерти, художники малюють шаржі, а живі статуї роблять кумедні фото з туристами. Галерею Боргезе, Колізей та фонтан Треві Ліза залишила наостанок і то за умови, що регламент конгресу не виходитиме за встановлені часові межі.

Хотілося їй відпочити і на морі, адже на календарі був липень, славнозвісний своїми ексклюзивними сонцем і задухою в Італії. Тому, на думку Лізи, перш за все день має починатися рано вранці з походу на море. Ліза так вважала вже давно, а точніше, скільки пам'ятала себе. Тому вона й обрала собі професію океанолога та багато часу проводила з водою.

Не всі колеги на роботі її розуміли. Деякі навіть називали Лізу дивною, особливо коли розмова заходила про сміттєві континенти на воді, наприклад, які створюють безвідповідальні люди своєю діяльністю в океанах, морях та річках. Ліза могла годинами обурюватися, коли наводилися цифри про те, скільки сміття збирається за рік у світовому океані через кораблі, що ходять,через пластикові відходи, віднесені з берега вітром і через цілеспрямоване скидання сміття в океан жителями прилеглих територій. Близько 8-и млн. тонн сміття на рік протягом багатьох років створили в океані токсичні материки на кшталт тих, що плавали у 2016-му році біля берегів Чилі та Аляски і які за розміром можна порівняти з Мадагаскаром або навіть Ґрінландією…

До сьогоднішнього дня гігантські сміттєві плями гасають океаном і становлять загрозу для морських тварин і мільйонів морських птахів, які накидаються на все, що блищить. Вони думають, що це їжа, а в результаті труяться, в'язнуть в горах клейкої стрічки або заплутуються в жилках, що знаходяться у воді, завдаючи собі таким чином серйозних ран…

Ліза, як і багато вчених, вважала, що якщо так і далі справа піде, то до 2050-го року у воді буде більше сміття, ніж риби. І за це хтось має обов'язково відповісти вже сьогодні. Лізини колеги, навпаки, з висновками не поспішали. Вони висловлювалися за створення тисяч поетапних проектів на користь утилізації сміттєвих островів, потім на користь їхнього часткового фінансування, потім на користь їхнього першого читання і т.д. і т.п. І ця говорильня цілком могла б тривати до 2050-го року, якби не такі вчені, як Ліза. Вона брала участь у різноманітних конгресах, симпозіумах, конференціях та семінарах — у всьому, що, на її думку, сприяло захисту навколишнього середовища ні завтра чи в недалекому майбутньому, а вже сьогодні й не теоретично, а практично.

Вона підтримувала найвідважніших учених, які зухвало кинули виклик застарілим поглядам на світ, які зрозуміли, що всі форми життя на землі тісно пов'язані між собою. Їх усіх треба оберігати, вивчати та співпрацювати з ними, щоб у майбутньому примножити собі друзів, а не ворогів.

Ліза часто цитувала американського вченого Джона Ліллі з Пенсільванського університету, який вивчає фізіологію мозку. Якось він заявив, що дельфіни – це представники паралельної цивілізації, вони найінтелектуальніші істоти на нашій планеті. І, можливо, нам немає сенсу надсилати якісь сигнали в космос і шукати там наших братів по розуму. Можливо, ці брати зовсім поряд. І як знати, як вони одного разу скористаються своїм інтелектом по відношенню до людини…

«Особливо до окремих осіб, які досі, тишком-нишком, ведуть вилов розумних, довірливих дельфінів, щоб дорожче продати їхнє м'ясо розбещеним гурманам» – розмірковуючи над словами вченого, думала Ліза.

Звичайно, на роботі і серед друзів вистачало у неї і прихильників, однодумців і просто фанів, таких як Рей, наприклад, – білий пухнастий кіт породи ангорка. Він завжди на 100% розумів Лізу, у всьому їй підмурликував і дуже за нею сумував, коли та від'їжджала надовго з Канади.

«З такою компанією можна і гори згорнути», – любила жартувати Ліза.

Літак приземлився о 15:20, точно за розкладом у Римському аеропорту «Фьюмічіно» і Ліза нарешті легко зітхнула. Все йшло за планом, окрім погоди. Її можна було охарактеризувати одним словом – задуха. Це відчували особливо ті люди, які приїхали до Італії з інших країн, де літо ніколи не спокушає високими температурами.

Ліза скористалася першим таксі, що трапилося з кондиціонером і поспішила в готель відпочити після стомлюючого перельоту.

Ближче до вечора, коли сонце вже здавалося не таким токсичним як днем, вона вирішила прогулятися старим історичним містом, а заразом і десь повечеряти відомою італійською піцею. Вийшовши на вулицю Верді, дівчина пішла до площі Гарібальді. У повітрі пахло ще не остиглим, розпеченим за день асфальтом. Цей стійкий запах поєднувався з ароматом свіжої випічки та пахощами різних соусів і закусок, що долинали з відкритих дверей кав'ярень, ресторанів і піцерій.

Лізі захотілося звернути з багатолюдної вулиці і повечеряти десь у спокійному місці. Повернувши у вузький і тихий провулок, вона одразу побачила піцерію «У Мікеля».

«Здається це те, що мені треба», – подумала Ліза і попрямувала туди. Несподівано задзвонив телефон. То був Жан, Лізин бойфренд.

– Привіт, як справи? – сухо поцікавився хлопець.

– Ок, все добре, дякую, що подзвонив. Якби ще не погода… – розігналася вдаватися в деталі Ліза, але Жан її перервав.

– Почекай, хвилинку помовч, будь ласка. Я дзвоню тобі, щоб сказати, що ми більше не разом, я покохав іншу жінку, тобто ти її знаєш. Це Софі, і я кажу тобі як є. Вибач.

– А ти не міг мені сказати про це не по телефону? – спокійно спитала Ліза.

– Так, звичайно, розумію… Треба дивлячись у вічі тощо, але я подумав, що і мені, і тобі так буде легше. Ми уникнемо незручної ситуації, в якій ми всі опинилися.

– Тільки не треба ставити мене в одну колію з вами, підленькими, неохайними зрадниками. Мені ніяково може бути тільки від того, що я витрачу тепер багато води, щоб від вас відмитися… Гаразд, що-небудь ще? – байдужим тоном запитала Ліза.

– Ні, я все сказав, – відповів Жан і в трубці почулися короткі гудки.

Ліза стояла посеред вулиці, сама не своя. Її ніби паралізувало від щойно перенесеного стресу. Їй здавалося, що руки та ноги перестали її слухатись. Все, що завгодно вона чекала від людей, які її оточували, але від своєї найкращої подруги та від її, без п'яти хвилин, чоловіка; це було занадто, несподівано та боляче. Теоретично вона знала, що в житті так буває, але чому з нею і напередодні такої важливої конференції, де їй потрібна буде свіжа голова та гарний настрій?

Ліза заридала від жалю до себе і їй одразу стало трохи легше. Вона навіть почала шукати позитивні сторони у цій неприємній історії. І дійшла висновку, що доля її вчасно позбавила поганих людей, а це велике щастя. Адже багато хто все життя живе в брехні, не знаючи про це. Вони страждають і не почуваються щасливими «чомусь». Більшість із них звертається до психологів, деякі до косметологів, дієтологів тощо. А радощів як не було, так і немає. Замість цього недомовленість, нерозуміння, підозра та повне незадоволення. Тільки тому, що між людьми вкоренилася брехня. Вона як вірус, вразивши одного разу одного партнера, інфікує з часом іншого і потім вони разом починають змагатися у брехні, навіть в дрібницях, роблячи при цьому невинну міну.

«Навіщо ж мені все це треба»? — підсумувала Ліза і вирішила поміняти свої плани на вечір. Апетит у неї вже зник і тепер вона захотіла просто випити чогось міцного, щоб розслабитися душею та тілом.

3

Бар «Салвіні» на вулиці Мадзіні відразу припав до смаку Лізі. Тут була спокійна обстановка, що надихала на відпочинок. Грала мелодійна італійська музика і відвідувачі намагалися говорити тихо або взагалі замовляли каву і мовчки потягували її в компанії зі своєю цигаркою.

Після третьої та четвертої порції лимончелло Ліза відчула себе дуже сильною та гордою. Вона була впевнена, що змогла б зараз легко перемогти навіть німейського Лева та лернейську Гідру, як це зробив колись Геракл.

А ще трохи пізніше, після трьох порцій коньяку Наполеона, Ліза вже була готова приборкувати критського бика і заволодіти кіньми Діомеда, коровами Геріона та поясом Іполита, але підвестися зі свого місця вона, на жаль, сама вже не могла. І тоді дівчина напідпитку просто покликала офіціанта.

— Вибачте, будь ласка, — почала Ліза, як вас звуть?

— Матео

— Я Ліза

— Матео, у вас тут правда, все дуже смачно і я трохи не розрахувала свої сили. Загалом мені потрібна ваша допомога, щоб дійти до таксі, а таксі ще треба викликати! Ясно?

— Так, не турбуйтеся, синьйорино, — відповів чемний рагаццо, ми все вирішимо!

— Оу-у, я синьйорина! — наспівуючи собі під ніс повторювала Ліза, а для Жана і Софі я взагалі — Цезар! Ось так!!!

Вже через п’ятнадцять хвилин таксі примчало гостю міста Риму в прохолодний готель, де вона одразу поринула в глибокий і міцний сон і проспала до ранку.

Свіжий ранок, свіжа кава мак’ято та свіжа голова стали гарним початком нового дня, де вже не було місця нічому вчорашньому та несправжньому. Прохолодний душ змив залишки несвіжих думок і Ліза взялася за підготовку своєї доповіді до майбутньої конференції, де окрім неї, завтра мають виступити серйозні вчені з Італії, Франції, Австралії, Греції, Норвегії, Філіппін та Японії. Зустріч з ними обіцяє бути цікавою та продуктивною. Програма всіх запланованих заходів була чітко позначена в часі, і не виходила за чотири години щоденної роботи протягом п'яти днів. На всі запитання відводився час з дев'ятої ранку до першої години дня, а потім хто куди. Лізу такий графік цілком влаштовував. Вона перевірила свій лист екскурсій і вирішила розпочати їх прямо сьогодні з другої половини дня з перлини вічного міста, – фонтана Треві.

Його створювали цілих 30 років, ще за часів стародавнього Риму два архітектори: Нікола Сальві та Джузеппе Паніні, які належали до двох протилежних шкіл мистецтв – бароко та неокласицизму, але своєю роботою над фонтаном, хлопці довели, що справжня майстерність та справжня краса стоять вище за будь-які протиріччя як у мистецтві, так і у побуті.

Про фонтан Треві є така прикмета, що якщо в нього кинути монетку, то повернешся на це місце знову. Коли Ліза приїхала до фонтану і почула про це, вона із задоволенням дістала з сумочки цілий металевий євро і кинула його у виручий фонтан. Їй уже зразу захотілося повернутися до Риму назад.

У Колізей, у зруйнований символ давньої, колись наймогутнішої імперії світу, Ліза вирішила піти наступного дня після виступу на конгресі, оскільки руїни старого амфітеатру могли залишити гнітюче почуття смутку в її тонкій натурі, що часом виникає, коли дивишся на уламки сучасних будівель. З цієї причини не всім людям подобається антикваріат, дуже модний у багатьох країнах світу. Ліза антикваріат на дух не переносила. Вона також не брала участі в аукціонах та на розпродажах старих речей з гаражів.

<h1 style="text-align:center">4</h1>

Сьогодні Ліза вечеряла у піцерії «У Мікеля». Вона обрала собі піцу «Наполетану» та пляшечку пива «Хенекен». Піца була дуже гостра, але смачна і завдяки пиву пішла як по маслу.

Сита і задоволена таким завершенням дня, дівчина, вийшла з піцерії і не поспішаючи, попрямувала дорогою до готелю. За її спиною почулися швидкі кроки, які її наздоганяли, а потім вона почула як хтось зрівнявшись із нею, сказав:

— Доброго вечора, Лізо, як справи? Ви впізнали мене?

Ліза повернула голову праворуч і побачила незнайомого молодого італійця.

— Ні, вибачте, не впізнала, — відповіла вона, і додала:

— Я не тутешня і тут знайомих у мене немає.

— Я — Матео, — не відступав хлопець

— Ми з вами вже зустрічалися у барі «Салвіні» нещодавно. Ви попросили мене викликати вам таксі та…

— А-а-а, може, я не дуже добре пам'ятаю той вечір… знаєте… – пробубоніла Ліза.

— Ну так, це і не має великого значення, – засміявся по-доброму Матео.

— Головне, що ми знову зустрілися. Ви дозволите проводити вас сьогодні додому?

Ліза подивилася на засмаглого італійця і щось невиразно ворухнулося в її пам'яті. Потім вона в нього обережно запитала:

— Ви, здається, офіціантом працюєте у «Салвіні»?

— Я радий, що ви згадали мене, тільки я не зовсім офіціант. Це мій бар. Я іноді приходжу туди, щоб побачитися з моїми друзями та знайомими і заразом допомагаю моїм барменам, у суботу чи неділю, – підтримав розмову Матео.

— Тільки у вихідні допомагаєте? Вам вихідні не потрібні самому? – запитала без особливого інтересу Ліза.

— Знаєте, у нас в Італії мати бар, спортзал, кав'ярню, студію музики чи живопису, танців тощо; це скоріше хобі, ніж засіб для існування. Кожен із таких підприємців має ще й основну роботу. І виходить, що ми весь тиждень працюємо там, а у вихідні відпочиваємо, займаючись нашим хобі, хто де. Я в барі, як ви вже знаєте, – підсумував Матео.

– Так, чудово, це вражає! А де ваша основна робота – поцікавилася Ліза.

– Я працюю в морі, у патрульній службі «*Squadre nautiche*», а простіше кажучи, в морській гвардії на катері, – пояснив молодик, а потім запитав:

– А ви до нас надовго приїхали? У гості чи туристичний тур?

– Я приїхала сюди у відрядження по роботі з Галіфаксу ненадовго. Зовсім скоро назад до Канади, – відповіла Ліза.

– Тоді вам потрібно поспішати побачити якнайбільше пам'яток у вічному Римі. Ви вже десь були на екскурсії? Я міг би показати вам нашу столицю, якщо хочете. Я маю всі види транспорту – машину, мотоцикл, яхту, – запропонував Матео.

– Дякую, я подумаю.

Тим часом вони дійшли до готелю, де жила Ліза і Матео попросив її телефон. Він здався їй культурним рагаццем, і вона вирішила залишити йому номер свого мобільного.

# 5

Вранці Ліза сіла в таксі і поїхала по роботі. На середині шляху вона згадала, що забула у номері готелю свої папери. Пробурмотівши собі під ніс, як у дитинстві дурну приказку – «вертача – невдача», Ліза вибачилася перед водієм і попросила його повернути назад.

Піднявшись до себе в номер, вона знайшла замість папки з документами пахучий букет із кремових троянд. Записки в ньому не було. Ліза повернулася на ресепшн і спитала, хто заходив у її номер і чому в неї зникли документи.

– Букет квітів просив вам передати молодий чоловік, але в номер він не піднімався, – пояснив ресепшеніст.

– А хто ж тоді заніс мені ці квіти в номер? – спитала Ліза.

– Вам їх заніс я, і після того як поставив їх у воду, я залишив ваш номер, – сказав робітник готелю.

– Тоді я офіційно заявляю, що в мене з номера зникли документи. Покличте вашого менеджера чи директора, кому можна поскаржитися, – вимагала обурена канадка.

– Синьйоріна, дозвольте ми спочатку разом з вами підемо і оглянемо вашу кімнату, а потім якщо ми там нічого не знайдемо, ми також разом звернемося до служби безпеки нашого готелю і я впевнений, вирішимо будь-яку вашу проблему, – люб'язно запропонував клерк.

– Гаразд, ходімо, – невдоволено погодилася Ліза, яка лише кілька хвилин тому перевернула вгору дном свій номер.

– Що конкретно шукаємо?

– Мої дослідження та пропозиції щодо запобігання підводним землетрусам великої потужності з метою зменшення ризиків цунамі та перелік заходів щодо ліквідації наслідків виверження підводних вулканів на прилеглі до них материкові території, – заметушилася пояснювати молода вчена, але побачивши здивування на обличчі співрозмовника додала:

– Тонку зелену папку, формату А4. Ресепшіоніст підійшов до ліжка і спритним рухом руки зірвав ковдру, під якою, на подив Лізи виявилася та сама папка.

– Це вона, мадемуазель?

– Так, але як ви здогадалися?

– Це не складно. Зазвичай гості готелю, які приїжджають у місто у справах, воліють перед сном щось перечитати чи перевіряти ще раз, а потім просто засинають і наступного дня поспіхом забувають, де залишили свій конспект, – просто пояснив досвідчений італієць.

– Дякую і вибачте, що даремно вас потурбувала – спробувала виправдатися Ліза.

– Ну, що ви; це – наша робота, синьйорино. Доброго дня.

Ліза поспішила відкрити папку, щоб переконатися, що її папери були на місці.

– Хм… – пробурмотіла дівчина, вдивляючись у документи, коли спритний італієць поспішив назад не ресепшн.

У своїх паперах Ліза помітила кілька чиїхось виправлень, причому досить детальних на кожній сторінці. Хтось, хто дійсно розбирається в океанології, вніс своє професійне бачення вирішення підводних проблем, але забув підписатися. Чим більше молода вчена вчитувалася у ці корективи, тим більше вона переконувалася у їхній правильності. Вона раз у раз повторювала: «Звичайно, як же я відразу не додумалася?!» або «Справді, як я цього не врахувала?!» і т.п.

На дебати з глобальних проблем світового океану Ліза не запізнилася та прийшла підготовленою. Ближче до обіду зателефонував Матео. Він зізнався, що квіти були від нього для того, щоб вони підняли їй настрій на весь день, а ввечері він збирався запросити її до італійського ресторану. Ще дві години тому вона б йому відмовила, але зараз Ліза була рада такому повороту подій, оскільки їй дуже хотілося з кимось поділитися всім, що сталося, а крім Матео, знайомих у неї тут не було. Тому вона відповіла:

— Нічого не маю проти такої пропозиції і із задоволенням складу вам компанію, якщо нічого не зміниться до вечора. У будь-якому разі, я вам передзвоню. Це ваш телефон визначився у мене на мобільному? Ліза повторила цифри вголос.

— Так, це мій телефон. Сподіваюся, що нам нічого не завадить зустрітися з вами увечері, — сказав Матео.


# 6


Ліза звільнилася від справ рано і вирішила заповнити решту дня походом до Ватикану. Раніше їй уже доводилося багато читати про цю маленьку державу, засновану офіційно в такому вигляді, як вона є на римській території лише в 1929-му році, завдяки уряду Беніто Муссоліні та Латеранським угодам. До цього Ватикан знали як Папську область, а ще раніше ця територія вважалася святою та не забудовувалася.

Тільки після приходу християнства архітектурна ситуація тут почала змінюватися: над гробницею Святого Апостола Петра Костянтин збудував базиліку. З того часу навколо цього місця створювалися і множилися всесвітньо відомі шедеври унікального мистецтва минулого і сьогодення, подивитися які мріє кожна людина на землі.

Ліза не була винятком. Вона мріяла побачити на власні очі ватиканські музеї із Сикстинською капелою, знамениту ватиканську бібліотеку, Собор Святого Петра. Тепер її мрія реально справджувалася. Вона у Римі, на шляху до Ватикану!

7

Після візиту до Ватикану Ліза почувала себе такою стомленою, що змусити її зараз кудись піти, можна було б тільки за допомогою гіпнозу.

— Значить, треба дзвонити Матео та переносити їхню зустріч, — вирішила вона.

Він почув її голос у телефоні і дуже зрадів, але коли вона відмовилася з ним повечеряти, Матео помітно засмутився, але не здався, а заходився вмовляти Лізу зустрітися з ним хоча б ненадовго, лише на 10 — 15 хвилин, просто привітатися і випити філіжанку каву.

«Які дивні і настирливі ці італійці, хоч чесно кажучи, приємно, коли тебе просять, – починаєш ставати королевою у власних очах», – думала Ліза.

«Треба йому одразу сказати, щоб він не розраховував на мою ексклюзивну увагу. Все-таки, як залицяльника я його не розглядаю. Може, тоді заспокоїться».

– Матео, розумієте, я ціную вашу справжню італійську гостинність і дякую за пропозицію показати мені Рим, але квіти та ресторани, це зайве, – зрозумійте мене правильно.

– Якщо ви не любите квіти та кофе, окей. Давайте просто побачимося і побалакаємо. Я хотів розповісти вам про фантастичну екскурсію нашим морем. Адже воно тільки загалом, називається Середземним; насправді воно складається з різних морів: Адріатичного, Іонічного, Кіпрського, Критського, Левантійського, Тірренського, Егейського, Балеарського і Альборан…

– А ще до басейну Середземного моря входять Мармурове, Чорне та Азовське моря, – доповнила із задоволенням Ліза і, пом'якшившись від згадки про море, сказала:

– Поки я з вами телефоном спілкувалася, втома трохи пройшла. Чекайте на мене у фойє готелю через 30 хвилин.

Матео приїхав машиною і вони вирушили погуляти на площу Венеції, а потім зголоднівши, вирішили зайти перекусити восьминога в стареньку затишну таверну і перейшовши на «ти» склали план екскурсії морем для наступного дня.

Ліза хотіла трохи порибалити по-спортивному, поплавати, позасмагати, а ще зробити підводні знімки на згадку. Тому Матео взяв на себе зобов'язання приготувати кисневі балони, ласти, маски, камеру і т.д.

— Здається тобі вдалося знайти моє слабке місце — море. Я мабуть погоджуся зануритися в нього з головою, якщо я тут. Хто знає коли ще з'явиться така можливість?! — зраділа Ліза своєму рішенню.

Вперше вона відчула себе легко і вільно з того часу, як приїхала до Риму і поговорила з Жаном. Компанія молодого господаря бару «Салвіні» однозначно їй йшла на користь. Його простодушна розмова, якась наївна манера поведінки, «заражала» Лізу відвертістю і робила їхнє спілкування невимушеним. З Матео їй було затишно та цікаво. Вона не шкодувала жодної хвилини, що піддалася на його вмовляння вийти з ним на прогулянку і тепер їй навіть не хотілося з ним розлучатися. Схоже, Матео відчував те саме.

Тому, що коли він привіз Лізу пізно до готелю, він по-особливому ніжно і з жалем сказав:

— Я знаю, що завтра ми з тобою побачимось, але мені все одно не хочеться зараз від тебе йти.

— Тобі не хочеться і мені не хочеться, — тихо сказала Ліза. Значить, потрібно переступити через умовності, які створюють одні люди, щоб осуджувати інших і просто бути щасливими тут і зараз. «*Welcome to freedom*»!

## 8

Будильник безжально задзвонив о 7:30 ранку. У цей час Ліза зазвичай вже й сама прокидалася, але не сьогодні.

Вона ні про що не шкодувала, а коли почула запах кави, що долинав з кухні, швидко підбадьорилася і поспішила привести себе до ладу. Матео в цей час зі знанням справи готував сніданок, що складається з кави, бріошей та омлету. Коли все було готове, він покликав Лізу до столу.

Вони виглядали як звичайна закохана пара під час медового місяця – безтурботні та уважні один до одного. Ліза звернула увагу на виразне, дуже професійно виконане татуювання червоного дельфіна на правій руці Матео. Художник зобразив у цієї морської тварини дивовижно живі людські очі, як на картинах старих майстрів Едгара Дега або Клода Моне: коли ви дивитесь на портрет людини, зображеної на полотні, то здається, що ця людина теж дивиться на вас. Його очі слідом за вами переміщаються то в той, то в інший бік, або стоять на місці і дивляться вам прямо в душу.

— А чому твій дельфін такий червоний і із синіми як у людей очима?! – запитала Ліза.

— А може, це у людей такі сині очі, як у дельфінів, ти не думала про таке порівняння? – усміхаючись, відповів Матео.

— Сині як море… Але у дельфінів очі іншої форми та іншого кольору – спробувала заперечити Ліза.

— А ось і не вгадала, – почав дражнити її Матео, ти просто ще не всіх дельфінів бачила.

— А-а-а, а ти значить, бачив їх усіх – засміялася дівчина.

— А я хочу тобі нагадати, белла мія, що ми в Італії, найказковішій країні у світі. У нас на багато запитань немає відповідей, ми просто приймаємо речі на віру такими, якими їх розповіли нам наші батьки, а батькам їхні батьки і т.д. Тому у нас у кожному місті є свої міські секрети та чутки, легенди та забобони.

Я, до речі, зробив своє татуювання, бо дуже вірю в теорію, що люди з дельфінами пов'язані між собою генетично. У нас із дельфінами 80 млн. років тому був один спільний предок, який вимушено покинув землю, щоб вижити і пішов у безпечніше місце, яке на той момент було у воді. Там він довго пристосовувався до нових умов життя, виходячи на сушу, то повертаючись у воду. Але вже через 35 млн. років наші предки змогли дихати вільно оточені водною стихією та їх вигляд суттєво змінився…

І так, мій дельфін червоний тому, що він особливий, він із породи тих дельфінів, які живуть біля розломів морського дна і біля діючих підводних вулканів в умовах непостійної температури води – від низької до дуже високої, – уточнив Матео.

– Цікава теорія, але знаєш за всієї поваги до італійського фольклору, вона занадто далека від реальності. Інакше вчені не пропустили би нагоди довести протилежне – вивести з дельфіна людину. Ти згоден?

– Не зовсім. Скажи, ти знаєш багато мавп (згідно теорії Дарвіна про походження людей), які стали людьми в наш час, коли технології вже вийшли на рівень нано?

Жодної, я певен. Але це теж теорія, — висловив свою думку хлопець.

— А щодо спільних прабатьків, прочитай безліч статей Вікіпедії, це — наукова теорія, а не якийсь там фольклор.

— Значить що… — Ліза подивилася на годинник і поспішила.

—… отже я вже запізнююся на зустріч із колегами і не хочу через це почуватися незручно, а на своє виправдання кривлятися як мавпа – їдьмо! – висловила свою думку Ліза.

Вони вийшли з готелю і побачили, як вже повною мірою циркулює міське життя на вулицях. Хтось почав свій день із чашечки ароматної кави та з читання свіжої газети в улюбленій кав'ярні; хтось поспішав першим зайняти місце на парковці, а туристи, як тепла течія Гольфстрім, повільно вливалися в людські потоки зі старих провулків столиці і стікалися до головних визначних пам'яток Риму.

Матео висадив Лізу з машини біля входу в Палаццо ді Конгрессо, і вони домовилися, що він її чекатиме тут же опівдні.

**9**

На причал вони приїхали близько першої години дня. Там було пришвартовано приблизно 25 – 30 яхт. Кожна з них мала свою назву, в основному жіночу. Ліза встигла прочитати деякі імена на суднах, що стоять на якорі: Серена, Луна, Медуза, Симона, Стелла та інші. Серед них лише одна яхта під назвою «Олеандр» кидалася в очі, насамперед тим, що була новенька, а відповідно і сучасніша.

Якраз навпроти «Олеандра» зібралися місцеві рибалки і навперебій вихвалялися один перед одним тим, яку величезну скумбрію вони сьогодні зловили на вудку. При цьому «морські вовки» розводили руками, явно перебільшуючи розміри свого улову. Побачивши Матео, який прямував з дівчиною до свого «Олеандра», рибалки на хвилину затихли і ввічливо з ними привіталися, а дехто йому навіть підморгнув: «Дивись, яку белліну відхопив…».

Потім Матео та Ліза піднялися на борт яхти. Вони взяли курс у відкрите море, а рибалки залишилися на березі розповідати один одному байки про рибу та море.

– Матео, – звернулася Ліза до свого друга. – Чому біля яхт, що стоять на причалі, імена жіночі, а у твоїй чоловіче?

– Це ім'я героя з однієї нашої міфічної історії, – сказав Матео. Хочеш розповім?

– Звичайно, – кивнула Ліза.

– Ну так ось… – почав Матео. – Олеандр був сином богів. Він славився своєю красою та любов'ю до людей. Надзвичайно добрий і сміливий, він водночас мав норовливий і зухвалий характер. Одного разу в місті, де він жив, стався землетрус через вулкан, що прокинувся, і людям, щоб врятуватися треба було перебратися через велике озеро. А вони не мали на чому. Тоді Олеандр вирішив допомогти людям.

Він випив усе озеро і вони втекли, але він став таким важким, що навіть не зміг підвестися. Лава накрила Олеандра, і він загинув. На цьому місці виросла прекрасна, сильна, невибаглива і трохи отруйна квітка. І жителі міста на згадку про свого героя назвали її Олеандром.

Я перейнявся цією гарною історією і назвав свою яхту Олеандр. Ось тепер ти знаєш цю історію – закінчив свою розповідь Матео

– Яка гуманна, повчальна та гарна історія, – погодилася Ліза.

# 10

Спокійне, тепле та прозоре море – удача для дайверів. У променях розпеченого денного сонця підводне царство проглядалося наскрізь у всій своїй красі. Величні фіолетові медузи постійно піднімалися на поверхню за допомогою своїх пишних «парашутів», а потім знову пірнали вглиб, поступаючись дорогою цікавим тунцям, восьминогам і дрібним сардинам. Ліза приготувала камеру і як тільки яхта зупинилася, вона покликала Матео, щоб пірнути з ним разом і зробити підводні знімки.

Неподалік них кружляли невеликі, середземноморські нешкідливі акули, яких місцеві вважають їстівними.

Ліза з Матео взявшись за руки, з радістю плюхнулися в гостинне море. Лізі вдалося зняти повільних скатів, які нагадували зграю величезних птахів,що плавно, як на уповільненій зйомці, розмахують начебто чорно-білими «крилами» і прямують у теплі краї.

Повітря в балонах швидко закінчувалося і Матео дав Лізі знак підніматися за ним нагору, до «Олеандра», що очікував їх. Раптом Ліза відчула як щось сильне тягне її стрімко вниз. Дівчина спробувала чинити опір, але її ніби паралізувало.

Вона відчувала себе як уві сні, коли сниться, що ти біжиш, а насправді ти не можеш зрушити з місця і ніякі зусилля не можуть просунути тебе вперед. Незабаром вона просто попрощалася в думках зі своєю мамою і провалилася в нікуди.

Скільки часу Ліза була у відключці невідомо. Коли вона прийшла до тями, то небезпідставно здивувалася, що знову може дихати і відчувати своє тіло.

Думки ще плуталися і періодично їй здавалося, що вона знаходиться всередині якоїсь риби, як колись Йона, наприклад. Навколо було темно і єдине, що вона знала точно, – це те, що не можна піддаватися паніці і марнувати свої сили.

Щоб оцінити ситуацію, Ліза помацала свої очі, потім руки, потім ноги і переконавшись, що все окей, трохи заспокоїлася, сподіваючись, що скоро очі звикнуть до темряви і можна буде рухатися далі по дорозі до свого порятунку.

Лізі дуже хотілося, щоб зараз задзвонив її будильник і вона прокинулася, щоб усе, що з нею відбувається, виявилося нічним кошмаром або лікувальним гіпнозом у кабінеті доброго доктора «Айболита».

Десь поруч із Лізиним вухом, на відстані де зазвичай чують наближення комара, пролунав металевий чоловічий голос:

— Доброго дня, Лізо, як ви почуваєтеся?

Вона нічого не відповіла, але подумала, що це питання є зовсім недоречним у цій ситуації. Її мовчання підштовхнуло власника голосу, високого, щільного чоловіка, риси обличчя якого приховувала напівтемрява, підійти ближче і спитати знову:

— Як ви?

— Дякую, що поцікавилися… — з іронією подякувала Ліза. Спочатку дайте відповідь мені де я, хто ви, чому я тут і найголовніше, — коли ви мене звідси випустите?

— Ліза, заспокойтеся, будь ласка, ви у друзів. Ніхто не завдасть вам шкоди, і я, безумовно, вам все поясню — довірливим тоном відповів він.

— Я вам не вірю, — закричала перелякана дівчина. Порядні люди пояснюють все спочатку і не викрадають людей.

— Може ви й маєте рацію, але сподіваюся, що ви трохи пом'якшитеся дізнавшись, що ми… не зовсім люди. Ми представляємо паралельну цивілізацію вашій на цій планеті.Не десь в іншій

Галактиці або в паралельному вимірі, як зараз модно стверджувати, а зовсім поряд з вами і ви знаходитесь у нас у гостях. Тепер ви глибоко під водою. Зустріч з вами була дуже важливою для нас, але якби ми здійснили її на вашій території – у вашому готелі, скажімо, чи десь на вулиці і взялися вам викладати неземні проекти глобального значення, ви подумали б, що вас просто розіграють. Тут ви побачите все на власні очі і зробите об'єктивні висновки про все, що ми вам розповімо. Для початку дозвольте представитися. Я – доктор Дел, автор програми адаптації обраних землян до нового життя під водою в безмежних просторах світового океану, того самого, який ви любите так само, як і ми – представники стародавньої цивілізації червоних дельфінів.

Світло стало ще трохи яскравіше і тепер Ліза бачила обличчя того, хто говорив, він був схожий на Матео, якого до цього часу вона ще не згадувала жодного разу.

– Матео?! Це ти чи в мене галюцинації? Що ви зі мною вчинили? Випустіть мене звідси, мені начхати на вашу адаптацію… – закричала в істериці Ліза.

– Заспокойтесь, – попросив її Дел і уважно подивився на неї в упор своїми синіми очима.

Я не Матео, але у нас усі особи чоловічого роду схожі один на одного. Що ж до нашої програми адаптації для гідних землян, то ми її нікому не нав'язуємо, на відміну від вас, людей, які постійно відловлюють дельфінів, наприклад, і тримають їх у неволі, проводячи над ними різні досліди та дресури, а потім ще змушують бідолах веселити публіку в громадських акваріумах.

Якщо ви не хочете скористатися нашою допомогою та захистом, це – ваш вибір. Ми вважали своїм обов'язком надати вам можливість дихати під водою так само легко, як ви дихаєте повітрям на землі. Додаткова функція організму, це – лише плюс. Ви так не думаєте?

– Я не бачу сенсу нарощувати собі зябра якщо сучасні технології, такі навіть як кисневі балони, наприклад, дозволяють перебувати під водою достатню кількість часу, щоб проводити дослідження, – спробувала аргументувати Ліза, розуміючи, що це у неї виходить не зовсім науково, а скоріше безглуздо як наслідок шоку.

– Мова не йде про жодні зябра, – усміхнувся Дел. Ми досягли блискучих результатів у всіх відомих науках, але найбільше в генній інженерії. І завдяки цьому сьогодні ми допомагаємо людям не лише у морі, а й на землі. Думаю, ви теж трохи відчули цю допомогу, коли ми трішки підкоригували ваш проект про запобігання цунамі як наслідку активності підводних вулканів.

– Зрозуміло тепер кому знадобилася моя зелена папка. Але погодьтеся, це ж зовсім не привід, щоб мені ставати морською дівою, – сказала Ліза.

– А зміна клімату, танення льодовиків на Північному полюсі, підвищення рівня океану, постійні війни та випробування різної зброї на землі, непередбачувані катаклізми… – це не привід, щоб мати змогу врятувати вашу дитину та вас теж? – спантеличив своїм запитанням Лізу доктор Дел.

– Зрештою, – продовжував він, – у нашій пропозиції немає нічого парадоксального. Адже життя на землі зародилося у воді. Однак, люди зараз не думають про це і не бережуть воду. Ви, як ніхто, добре це знаєте. Людство не замислюється про майбутнє.

Воно зневажає всі закони природи на землі і переносить свої агресивні дії до океану. Але вода має велику силу. Одного разу вона може дати свою несподівану відповідь на всі руйнівні дії людини і тоді…

– Коли це буде? – перебила його Ліза.

– Цього не знає поки що ніхто, – відповів Дел, але думаю, що з такими темпами інтоксикації всіх джерел життя на планеті, включаючи атмосферу, чекати залишилося недовго. Почитайте «Армагеддон», Ліза.

— Знаєте, докторе Дел, я мабуть, згодна з вами. Краще мати надію на порятунок, аніж її не мати. Що потрібно від мене? — несподівано для себе самої випалила Ліза.

— Від вас нічого. Тільки гарний настрій та відмінне самопочуття, — відповів Дел і попросив її підвестися з крісла.

На подив Лізи, крісло її більше не утримувало і вона легко піднялася на ноги. Дел показав їй на вихід і вони пішли закрученими скляними коридорами.

Через деякі з них проглядалися зарості на кшталт морської капусти або водоростей, що кишать моренами, кальмарами і невеликими, блискучими у світлі прожекторів рибами.

Так вони йшли досить довго, то піднімаючись високими сходами, то спускаючись вниз по слизькій гірці. Ліза дивилася уважно на всі боки і розуміла, що вона, як морська свинка, весь час знаходиться всередині якогось скляного лабіринту, напханого камерами і сканерами і хтось з цікавістю спостерігає за всіма її рухами.

— Нам ще довго йти? — запитала Ліза.

— Ні, ми вже майже прийшли, – сказав Дел, який її супроводжував. Він показав на ще одну скляну драбину попереду, а потім додав:

— Ви підніміться цією драбиною самі, а нагорі вас зустрінуть і проводять далі. А я був радий нашій зустрічі і хочу, щоб ви іноді згадували про нашу розмову. Дел засунув руку в кишеню свого білого халата і дістав звідти невелику статуетку блискучого червоного дельфіна з виразними людськими очима синього кольору.

Він простяг сувенір Лізі зі словами:

— Це вам на згадку і як засіб самозахисту від хижаків у морі та на суші. Це електрошокер. Він досить потужний і швидко включається легким дотиком до правого ока дельфіна. Якщо ж натиснете на лівий, то спрацює сигнал *SOS*. Чи не забудете?

Ліза на хвилину відволіклася і подивилася в бік. Трохи позаду них з лівого боку щось яскраво спалахнуло як вогонь у каміні. У полі зору з'явився кратер високого вулкана. До нього підпливали невеликі групи червоних дельфінів і заганяли туди величезних страшних акул по черзі.

Через 3 – 4 хвилини з кратера витягували вже зовсім іншу істоту – податливу та повільну, чимось схожу на горилу, але зі шкірою як у вареної курки. Її відводили в спеціальний візок, де вже чекав такий самий суб’єкт.

«Дивно, навіщо це потрібно», – промайнуло у Лізи в голові. Їй стало страшно й сумно дивитися на ці чудовиська. У неї запаморочилася голова і вона зомліла.

## 12

Ліза прокинулася як завжди о 7:30 ранку у своєму готельному номері. З відкритого вікна долинав спів птахів і ранкове повітря наповнювало її кімнату свіжістю.

Вона підвелася з ліжка і пішла в душ. Затримавши погляд на дзеркалі, вона сказала собі: «Яке щастя – це був просто сон і насниться ж якась маячня -навіть голова розболілася».

Зазвичай голова у неї боліла від втоми чи безсоння. Але зараз був ранок і ні те, ні інше не пасувало, бо вона міцно спала і зовсім не втомилася. Так чи інакше потрібно було з цим щось робити, і Ліза випила таблетку аспірину. Потім вона приготувала собі каву та взяла телефон.

«Стоп, сьогодні ж 12-те число, увечері я повертаюся до Канади», – дивлячись на дату у мобільному телефоні, згадала дівчина.

Вона взяла свою сумку з документами і почала перевіряти квитки, гроші та всі документи для її звіту про відрядження у Римі. Все було на місці.

– То що ж я пропустила? Чому у мене провали у пам'яті? Чому я не пригадую, що було вчора? Може, це від головного болю? Голова зовсім несвіжа. Ой, як мені це не подобається… Треба приготувати валізу та замовити таксі на 15:00, – думала Лиза.

Вона зателефонувала на ресепшн, підтвердила, що сьогодні звільняє кімнату та попросила замовити їй таксі на три години дня. Потім увімкнула телевізор, щоб послухати міські новини та поспішила зібрати свої речі. Вона запихала їх абияк у дорожню сумку, оскільки відразу після повернення додому на них чекала пралка. У дорогу Ліза залишила собі що зручніше – рожеву футболку, легкі, літні джинси та звичайну кепку на голову, із зображенням веселих квіточок.

Ліза дивилася на свою кепку ніби вона її бачить вперше, а потім покрутивши її трохи в руках, промовила: «Звичайно, Олеандр! Як я могла забути, я була вчора з Матео на яхті. Напевно, він мені щось підсипав!

Ось чому голова розривається! Потрібно йому швидко дзвонити – нехай усе пояснить».

Ліза набрала Матео. Номер недоступний. Через час вона знову йому передзвонила, але результат був той самий. Образа миттєво заповнила всі куточки її душі. Їй здавалося, що всі чоловіки світу змовилися проти неї одночасно.

– Як же можна? Ні, так не можна, зі мною так точно не можна, – голосила Ліза. Я ж ні якась амеба безхребетна! Чому він не бере слухавку? Цьому має бути розумне пояснення чи щире вибачення, і я його з нього витягну!

Ліза вийшла надвір і зупинила таксі, вказавши адресу бару «Салвіні». Озирнувшись по сторонах, вона замовила собі апельсиновий сік і чашку «капучино», а потім запитала прямо у бармена:

– Вибачте, я можу побачити Матео?

– Якого Матео, синьйорино?

– Матео Карпентьєрі, вашого господаря бару – уточнила трохи схвильована дівчина.

– Вибачте, але ви, очевидно, щось наплутали… Хазяїна нашого бару звуть Лука Лертіні – люб'язно відповів бармен.

Ліза знову глянула навколо себе. Сумніву немає. Вона вже була у цьому барі раніше. Значить, Матео міг просто назватися іншим ім'ям.

– А можу я поговорити зараз із вашим господарем Лукою? – Обережно запитала Ліза.

— Я зараз у нього уточню, хвилиночку, — пообіцяв їй бармен і зв'язався телефоном зі своїм босом.

Через хвилину до Лізи вийшов маленький кучерявий італієць похилого віку.

— Це ви хотіли поговорити з Лукою Лертіні? — спокійно спитав він.

— Так, мене звуть Ліза Ондеріні і я шукаю хлопця на ім'я Матео Карпентьєрі. Він мені сказав, що він-господар цього бару. Вам він знайомий? — ламаною італійською мовою пояснила вона.

— Мені дуже шкода, але я не знаю жодної людини з таким ім'ям, хоча в Італії багато Карпентьєрі. Не можу навіть припустити, хто міг з вами так пожартувати та сказати, що цей бар не мій. Синьйоріна будьте дуже обережні в Італії з хлопцями, вони вам і не такого нарозповідають. Це моя вам порада, — по-батьківському застеріг її господар бару.

Ліза подякувала поважному синьйору і здивовано залишила заклад. Вона не знала, що й думати, але не вірити Луці не мала підстав. Адже бармен теж підтвердив, що Матео — не господар бару. Ліза подивилася на годинник і знову викликала таксі. Цього разу, щоб поїхати на причал, де стояли яхти із жіночими іменами, де ще вчора, як їй здавалося (чи це було справді), вона піднімалася на яхту «Олеандр».

<h1 style="text-align:center">13</h1>

Таксі зупинилося навпроти купки рибалок, з вудками та рюкзаками. Як і вчора вони жваво розмовляли та розмахували руками. Ліза згадала приказку: «зв'яжи італійцю руки і він і слова сказати не зможе» і мимоволі посміхнулася з цієї сцени, яка нарочито підтверджувала це.

– Дуже добре, – подумала вона, тут я, мабуть, на правильному шляху, оскільки схожу сцену пам'ятала з попереднього дня.

Вона звернула увагу, що сьогодні немає жодної яхти на березі, включаючи яхту Матео. Це можна пояснити тим, що влітку яхти не застоюються на причалах. Їх постійно орендують туристи та дайвери або беруть на прокат друзі та знайомі самих власників яхт.

Ліза пройшла вперед, де вчора стояла злощасна яхта Матео. Але на її подив, там тепер працював мінімаркет. Вона увійшла всередину. У крамниці було багато людей. Постійні покупці перекидалися між собою пару, трійкою слів про погоду, їжу та політику. Ліза взяла пляшку мінеральної води «Пеллегріно» і пішла до каси.

— У вас такий чудовий магазинчик, хоч і маленький, але є все необхідне, — сказала вона касиру, щоб зав'язати розмову.

— Так, — відповів той, — ми дуже намагаємося, щоб наші клієнти були задоволені.

— А ви давно тут працюєте? — запитала Ліза.

— Три роки, а якщо точніше, то два роки та десять місяців. Чому ви питаєте?

— Я шукаю власника тутешньої яхти «Олеандр» Матео Карпентьєрі. Він бува не ваш клієнт? — з надією запитала Ліза.

— Мені дуже шкода, але я вперше чую це ім'я, та й яхти сюди вже років п'ять чи шість як не причалюють, відколи берегова лінія сильно подрібнішала і море відступило назад. Ви краще підійдіть до нашого сек'юріті, він старший за мене і давно живе в цьому районі, може він вам допоможе.

— Дякую.

Ліза дуже вагалася. Тієї інформації, яку вона отримала було достатньо, щоб вважати себе божевільною, або Матео хорошим аферистом. Але навіщо? Щось у її серці, як і раніше, чинило опір безглуздим висновкам і вона все-таки зважилася підійти до сек'юріті.

— Я перепрошую за занепокоєння, — з виразним канадським акцентом заговорила Ліза з охоронцем.

— Я іноземна туристка. Вчора я відпочивала на яхті «Олеандр» з Матео Карпентьєрі та забула там сумочку з документами та грошима… Я була впевнена, що вчора саме тут на цьому місці стояли різні яхти і в одну я особисто піднялася. Я пам'ятаю місцевих рибалок на березі, вони з нами віталися.

— Вчора я рибалив з ними, — сказав сек'юріті, а потім ми ще довго обговорювали тут біля мінімаркету, хто скільки риби наловив. Але я не бачив ні вас, ні якоїсь яхти, яка б близько підходила до берега. Справа в тому, що до нашого причалу судна більші, ніж човники давно не наближаються, тому що тут неглибоко. А на рахунок ключів та документів, зверніться до квестури, там вам допоможуть. Синьйоріна, будьте обережні з сонцем і випивкою.

І те, й інше туристам часто б'є в голову, а потім вони почуваються сконфужено в чужій країні.

— Дякую. Ви точно підібрали слово «сконфужено» — відповіла йому Ліза і поспішила на свіже повітря.

Вона заплуталася остаточно. Телефон Матео був відключений, його бар виявився власністю іншої людини, в тих місцях, де вони були разом, про нього поняття ніхто не має, та й самі місця раптом за одну ніч стали іншими…

«Висновок напрошується тільки один», – думала Ліза, – «я божеволію. Після приїзду до Канади піду до психолога чи психіатра. Там розберуся. Вона подивилася котра була година і поїхала в готель за своїми речами, а звідти відразу в аеропорт».

<h1 style="text-align:center">14</h1>

Римський аеропорт «Фьюмічіно» великий і багатолюдний. У такі місця Ліза, як правило, намагалася приїжджати набагато раніше до запланованого рейсу, щоб не поспішаючи відшукати, потрібний термінал, пройти всі бюрократичні процедури, у тому числі, пов'язані з *COVID* і потім спокійненько дістатися свого гейту, де можна перепочити і вирушити в дорогу.

Сьогодні, за спостереженнями Лізи, до Галіфаксу летіло багато народу. Місця біля її гейта B-17 майже всі були зайняті, крім одного, на якому, щоправда, теж лежали чиїсь речі. Ліза підійшла до двох літніх дам, що захоплено розмовляли біля цього місця і, як належить канадцям, чемно запитала:

— Тут зайнято?

— Будь ласка, сідайте, — відповіла одна з дам, прибираючи свій дощовик із сидіння. Ліза відразу впала в крісло і відчула фізичне полегшення. Все, що на неї навалилося останнім часом, дуже втомило її. І вона щиро благала Бога, щоб їй нічого не завадило дістатися додому без пригод.

Щоб не думати про свої проблеми, Ліза вирішила перейти на інших людей і стала з цікавістю їх розглядати. А оскільки вона сиділа поруч із дамами, то вони першими привернули її увагу. Зокрема, діалог між ними. Обидві жінки скаржилися одна одній на те, що в них не вдався цьогорічний відпочинок в Італії.

— Я вас так добре розумію, як ніхто, — говорила одна дама. — Буквально на другий день після мого приїзду до Італії, прямо на зупинці міського транспорту повз мене пронісся мотоцикліст і зірвав з мого плеча сумку з паспортом, кредитками та готівкою. Я змушена була звернутися до поліції, а потім ходити туди майже щодня. В результаті поліція злодюжку не знайшла, а відпочинок був повністю зіпсований.

– Так я з вами згодна. Відразу після мого приїзду, я пішла на екскурсію містом і перший раз у житті у мене стався сонячний удар.

Моментально заболіла і закрутилася голова, я відчула як все змішується і пливе переді мною і зомліла, а отямилася вже в лікарні. Пролежала там три дні, і лікар порекомендував взагалі не виходити на вулицю без потреби.

Ліза була вражена. Тепер їй здавалося, що вона легко відбулася від цієї спеки. Люди, виявляється, днями лежали у лікарні. Тепер вона знала, що вона не божевільна. Божевільне – це італійське сонце! Це воно винуватець всього незрозумілого. Воно викликає запаморочення та плутанину в голові. Адже їй і охоронець мінімаркету сказав, щоб вона стереглася сонця! Камінь звалився з Лізиних плечей. Вона врятована! У Канаді сонце інше.

Оголосили посадку. Усю дорогу Ліза проспала.

## 15

У Галіфаксі на неї чекала мама, подруга і пухнастий кіт Рей. Ліза заплакала від радості. Мама приготувала з приводу її повернення, улюблену

Лізину запечену в духовці індичку, пасту і кілька салатів на вибір.

Перший же шматочок м'яса, відправлений до Лізиного шлунка, став у неї в горлі. Її знудило і вона побігла блювати. Наступні спроби щось з'їсти були марними.

На думку полізли спогади про її стосунки з Жаном. Залишившись одна Ліза дістала з аптечки тест на вагітність і зробила аналіз. Та всупереч логіці, він показав позитивний результат.

— Цього просто не може бути, щось не сходиться в датах, — сказала собі Ліза. Завтра треба з цим розібратися у лікаря.

А сьогодні вона хотіла ще звільнити свою дорожню сумку з якою вона була в Римі і заховати її подалі, щоб та не мозолила їй очі, нагадуючи про її невимовний досвід.

Ліза підтягла сумку до пральної машини і почала перевантажувати свої речі в металевий барабан прання. З кишені шортів випав невеличкий блискучий предмет.

— Що це? — підняла його Ліза і затремтіла. Це був червоний дельфін із синіми людськими очима та з вигравіюваним на ньому написом: «З любов'ю Матео».

# Тіка - дівчинка із яйця

# 1

Подорож та мандрівник – це звучить гордо, незважаючи на сухі пояснення тлумачних словників та «вікіпедій»! Ким би я був, якби просто погодився з тим, що подорож – це пересування по якійсь території чи акваторії з метою їх вивчення, а також із загальноосвітніми, пізнавальними, спортивними та іншими цілями, і що мандрівник – це просто така собі людина, що любить здійснювати у свій вільний час поїздки або піші переходи кудись далеко за межі постійного місця проживання…

Ні, дорогі мої енциклопедії та тлумачні словники! Подорож – це спосіб життя розсудливої, здорової, активної людини, яка завжди готова змінити свою рутинну обстановку на кращу, із захопленням та ентузіазмом сприйняти нові місця та збагатити свій досвід та мозок позитивними враженнями та переживаннями, а також корисними дофінами та ендорфінами, які роблять наше життя щасливим та різнобічним.

# 2

Пристрасть до подорожей у мене з'явилася ще в дитинстві, коли я їздив разом з батьками до їх геологічних експедицій то в Америку, то в Африку, то в Європу, то в Азію, а то й просто відпочити на якесь тепле море, найчастіше на Середземне. Ці яскраві поїздки сформували мою майбутню професію. Я став успішним фоторепортером і тепер працював у столиці у популярній чеській газеті «Брама у світ». Мені подобалася моя робота, колектив і, звичайно, всі мої робочі відрядження як місцеві, так і за межами країни. Я у всьому бачив пригоди, відкривав новизну та знаходив цікаві сюжети. Я завжди погоджувався робити репортажі навіть там, де інші категорично відмовлялися: у джунглях і пустелях, на болотах і морях, у гарячих точках та неприступних скелястих горах… Одним словом, скрізь, де тільки можна ступити нозі людини; хоча б навшпиньки. Тому в редакції мене і називали Карл на прізвисько «Завжди готовий».

Знаючи мій м'який і безвідмовний характер, мої товариші по службі частенько жартували над моєю нестримною готовністю пізнавати нові місця. І як приклад цьому, якось Єва, наша секретарка, проходячи повз мене, як би ненароком запитала:

– Карел Бішек, то ти вже зібрався?

– Куди? – поцікавився я.

– Як куди? На край світу, на Землю Франца Йосипа!

– Жартуєш? – посміхнувся я.

— А ось і ні! На цей раз не жартую. Головред подумує когось туди відрядити. Там, кажуть, цілий острів зник у результаті потепління. Наразі ця тема дуже актуальна. Про потепління всі тільки й кажуть.

— А, це ти про той острів, що біля мису Місяцева? Знаю, вже читав. Насправді тривожний сигнал. З кліматичними змінами жарти погані, — підтримав я розмову.

— Так, Карел… Уяви, що в недалекому майбутньому ми з тобою, може, не встигнемо і схаменутися, як одного прекрасного дня, будемо на роботу добиратися на гондолах, як у Венеції — пожартувала моя співробітниця.

Єва пішла у своїх справах, а я замислився над її словами про танення вічних льодовиків і про можливе відрядження «на край світу».

З одного боку, я міг би поїхати туди, тим більше, що ніколи ще не був на Північному полюсі. Але з іншого боку, саме зараз мені не хотілося б виїжджати з дому, оскільки цього місяця, у травні, у моєї дружини Ганни буде ювілей (кругла дата, день народження) і вона дуже хотіла відзначити свято в родинному колі. Тому, подумавши ще трохи над цією поки що неясною ситуацією, я вирішив почекати офіційного проекту, а потім уже ділитися думками з дружиною.

Не то тому, що я вже подумки готувався до розмови з дружиною, не то тому, що хотів сам для себе з'ясувати, наскільки мені цікава ця тема, я не пошкодував часу і зібрав в інтернеті інформацію про цю нещодавно зниклу частину Арктики. Я дізнався, що півострів біля острова Єва-Лів, що розтанув, був нічим іншим як льодовиком, що стоїть на морській мілині і зараз замість нього утворилася протока 3 км завширшки. Його випадково виявили співробітники національного парку «Російська Арктика» під час експедиції з вивчення моржів. Мене приємно здивувало, що сам нацпарк займав величезну площу в 8,8 млн га і до нього входили вже відомі території – частина острова Північного архіпелагу Нова Земля та архіпелаг Земля Франца-Йосифа. Виявилося також, що парк давно відкритий для екотуризму, екскурсій та наукової діяльності, але як я справедливо здогадався, бажаючих відвідати Арктику, де взимку температура -50°С, а влітку не вище +2°С, не так вже й багато – всього близько 1000 – 1300 людей на рік, що, як на мене, ще дуже непогано. Мабуть, тому різноманітні експедиції, дослідники та інші тимчасові резиденти знаходять, що місцевий сервіс працює справно і цілком адаптований для холодної Арктики.

Час йшов швидко, насичуючись різними подіями та перемогами. За останні три тижні я виграв конкурс на «Кращий сюжет року». Також ми відсвяткували днюху моєї дружини з усіма побажаннями та гуляннями. Потім ми почали виснажливий по суті капітальний ремонт у нашому заміському будинку, на який не могли «навернутися» років вісім точно. І як результат, я зовсім забув, що ще недавно зважував усі «за» та «проти» своєї гіпотетичної поїздки на крайню Північ. Однак, як виявилося, головний редактор, як і раніше, вважав, що необхідно зібрати матеріал про зниклий арктичний півострів і про все інше, що допоможе краще дізнатися про терру інкогніту, неприступну Арктику. Таким чином, мій шеф хотів знайти цікаві матеріали для репортажу, щоб підтримувати високий тираж газети, а також привернути увагу до глобального потепління в цій частині світу, а отже, й до екології всієї землі, усіх країн, усіх міст і місцевостей окремо.

Для цього наш головний редактор, пан Лукаш, зібрав в одну з п'ятниць усіх наших журналістів у своєму кабінеті і весело сказав:

— Панове, я скликав усіх вас разом, щоб ніхто не сказав потім, що він нічого не чув про відрядження в Арктику або, що йому його навіть не пропонували… Тому прошу підняти руки тих, хто хотів би поїхати на Північний полюс і зробити важливий для нашої редакції і для наших читачів, репортаж про столові айсберги, білих ведмедів, пташині базари, льоди, що тануть, зникаючі острови і т.д., і т.п. Це – поки коротко.

Усі сиділи, затамувавши подих і мовчки перезглядалися один з одним, намагаючись зрозуміти, що в кого на думці.

– Ну, давайте ж, сміливіше, – підбурював нас наш головний редактор.

– Я розумію, Арктика – це трішки не Франція і навіть не Греція, але сьогодні й не минуле століття на календарі. Люди туди теж їздять, літають та пливуть… – продовжив спробу вплинути на нашу свідомість наш начальник.

До цього часу всі присутні, крім мене, мабуть, знайшли причини, з яких вони не можуть прийняти цю «чудову» пропозицію і почали один за одним викладати свої причини шефу, а потім у тій же послідовності, залишати його кабінет. Коли я залишився сам, пан Лукаш знизав плечима і промовив:

– Вони не знають, від чого відмовляються, Карел. А ось ти – молодчина! Ти свого ніколи не прогавиш! Про такий матеріал можна лише мріяти!

Тому, оформлюй папери, квитки, взагалі все, що необхідно для відрядження на тиждень на Землю Франца-Йосифа і потім зайдеш до мене за підписом.

— Бос, — звернувся я, — ви сказали відрядження на тиждень, але я дивився, що туди тільки, щоб дістатися в один бік, близько трьох днів треба: день, щоб долетіти до Лонгйіра (це — найпівнічніший аеропорт у світі), а звідти близько двох днів плисти кораблем до російського прикордонного пункту. Скільки часу ще знадобиться звідти — невідомо. Тільки після цього починається Земля Франца-Йосифа.

— Окей, тоді оформляй усе з урахуванням цього маршруту і коли будеш готовий, зайдеш, — похлопав мене по-батьківські по плечу, сказав Лукаш і повернувся до своїх справ, а я вийшов з його кабінету, обмірковуючи під яким соусом піднести цю екстремальну місію моїй легко вразливій дружині.

4

Поїздка до національного парку «Російська Арктика» виявилася не дуже втомливою. Після приїзду на місце мене зустріли організатори екотуризму і відразу ж ознайомили з графіком можливих експедицій і екскурсій на острів Гукер, Шпіцберген, мис Бажань, в бухту Тиха і на острів Єва-Лів, що цікавить мене, поруч з яким розтанув півострів.

Усього туристам пропонувалося дев'ять прокладених маршрутів і стільки ж пунктів зупинки. Я відзначив для себе під номером 1 бухту «Тихая», тому що в програмі вказувалося, що це діючий музей просто неба, що поєднує в собі чарівні пейзажі місцевої природи (бірюзові водоспади, крижані скелі) з рукотворними пам'ятниками та залишками зимівель різних експедицій минулих століть. Таким чином, я не зовсім різко відходив від благ цивілізацій, поринаючи в суворі будні дикої природи.

Приїхавши на крайню Північ із спекотної Європи, я одразу потрапив під сніг, дощ, туман та вітер. Мені й на думку не могло спасти на батьківщині, що для моєї успішної роботи тут, мені потрібні будуть непромокальні, на спеціальній підошві чоботи та вітрозахисна утеплена куртка. Ці та інші речі, на щастя, люб'язно видавалися інструкторами нацпарку всім гостям Арктики, що прибули сюди. Я звернув увагу на те, що всі люди, які приїхали сюди, були дуже освічені й активні. Вони з легкістю прокидалися вдосвіта, щоб спостерігати за моржами або пухнастими нишпорками-песцями, за білими ведмедями-господарями цих місць, а також за пінгвінами, північними сяйвами та іншими дивовижними процесами Арктики. Ентузіасти невтомно йшли і годинами гуляли там, де до них ще ніколи не ступала нога людини. Нікого з них не могла втримати навіть надвисока вартість екотуризму!

<h2 style="text-align:center">5</h2>

На третій день мого перебування тут, я зрозумів, що Арктика нікого не залишає байдужим. Вона закохує в себе практично кожного, хто порушив її спокій. Я, мабуть, ще залишався винятком з цих правил, як і раніше, віддаючи перевагу теплим пляжам з чистим піском. Тому, щоб якнайшвидше впоратися зі своїм завданням і, як кажуть, розставити всі крапки над «і», я замовив на весь майбутній завтрашній день, прямо з раннього ранку і до вечора екскурсію за моєю темою на острів Єва-Лів, а залишок сьогоднішнього дня вирішив провести, спостерігаючи за пташиним базаром на крижаних скелях.

Мені пощастило, що після обіду група туристів теж йшла фотографувати птахів і я приєднався до них. Нам поталанило побачити по дорозі красивих моржів, що лисніли на холодному сонці, які, здавалося, можуть елементарно примерзнути до льоду, якщо залишаться нерухомо лежати на морозі протягом 3 – 5 хвилин. Однак це були лише порожні відчуття. З законами існування та виживання цих моржів у суворих умовах вічної мерзлоти вони не мали нічого спільного.

# 6

Крокуючи разом з мандрівниками з різних країн і мимоволі слухаючи їх розмову різними мовами, я думав, що цей потік звуків схожий на шум тисяч морських птахів, яких ми зараз йшли розглядати та вивчати, і які зараз зібралися на одній із тутешніх скель і щільно притиснулися один до одного, щоб урятуватися від морозу.

Чим ближче ми підходили до крижаних стрімчаків-велетнів, тим більше в мене стукало в скронях і починала сильно боліти голова. Я зробив висновок, що це вплив потужного потоку незнайомої мови у великій кількості і в вельми незвичних умовах для мого організму в незайманій цивілізацією природі. Тому я поспішив трохи відірватися від гучних туристів, прискорив крок та пішов уперед.

Через двадцять хвилин я вже забув про якісь мови і головний біль, бо підійшов до стрімкої скелі, що круто обривається з півночі до моря. На її вершині оселився той самий пташиний базар, а внизу, біля самого підніжжя, зібралося безліч пташиного пір’я, пуху і…, що продається майже на вагу золота, гуано. Пройшовши трохи праворуч коло гори, я побачив зруйновану кладку яєць у формі піраміди. Яйця були абсолютно порожніми всередині та змерзлимися між собою зовні.

Очевидно вони пошкодилися під час падіння зі скелі, або ж гурмани, типу всеїдних песців, поласували «омлетом» і залишили по собі «розбитий посуд». Мене здивувало, що яєчна шкаралупа була досить товстою і міцною як у кокоса або як панцир у черепахи. Її неможливо було відламати чи надбити. Великі розміри цих яєць викликали також багато питань. Найперше із них – які птахи могли відкласти такі великі яйця?

Я обережно пройшов кілька кроків уперед, уважно розглядаючи все, що траплялося на моєму шляху. В основному це були пір’я, уламки льоду, розбиті гігантські бурульки та сміття, ймовірно, скинуті птахами або сильним вітром з вершини гори. Тим не менш, серед усього цього мені вдалося помітити якийсь предмет, що нагадує формою м’яч для регбі. Я нахилився ближче і зрозумів, що переді мною таке саме яйце, як і ті з твердою, непробивною шкаралупою, з тією різницею, що це яйце було цілим. Я підняв його і почав по-журналістськи уважно роздивлятися. Я зазначив, що яйце на знижку важить не більше 450 гр і нагадує за кольором стару вицвілу сіро-зелено-блакитну бірюзу з бурими плямами та тонкою чорною павутиною, що розписала (як меридіани глобус) шкаралупу цього дивного яйця. Поки я його розглядав, у мене за спиною почулися знайомі голоси екотуристів. Я швидко сунув яйце за пазуху і знову приєднався до них, тепер вже з почуттям якогось частково виконаного обов'язку перед моєю редакцією та в передчутті справжньої сенсації.


7


Ми були зараз на острові Гукера. Перед нами зі щедрим і казковим розмахом розсипалися високі та стрункі сиві скелі Рубіні. На них вистачало місця всім птахам — кайрам, маєвкам, чистикам, дурням, бургомістрам, поморникам та білим чайкам. Я попросив бінокль у одного люб'язного туриста, щоб краще роздивитися пташок. Але ніхто з них дрібних і маленьких однозначно не підходив на роль батьків мого «регбі-яйця». «Добре, не засмучуємося» —

124

підбадьорив себе я. «Головне, що є супер знахідка, а наука все розставить на свої місця і в свій час.»

Повернувшись у свій номер, я дбайливо дістав яйце з-за пазухи і помив його під теплою водою. Воно відразу стало чистим і тепер мало сіро-білий колір.

Мокре і слизьке, воно буквально вислизнуло у мене з рук і впало на кахельну підлогу. Я був готовий побачити там все, що завгодно — замерзлого пташеня, наприклад, висохлий жовток, що неприємно пахне, і т.п. Однак, на мій глибокий подив, яйце не те, що не розбилося вщент, воно навіть не тріснуло. Тільки коли впало, справило такий звук, який буває при падінні важкого каменю на тверду поверхню — виразний і чутливий для ніг.

«Ну і ну, що це таке?» — запитував себе я. Може, це якийсь цінний мінерал, через який люди з'їжджаються в Арктику з усього світу? Може його вони й шукали на пташиному базарі?» Я вже зібрався йти і ставити всі ці питання менеджерам з туризму, що працюють тут. Але відразу охолонув, згадавши, що я теж приїхав сюди за ексклюзивною інформацією, за сенсацією. І якщо мій репортаж про розтанутий півострів не спричинить фурор у нашому суспільстві, то новина про загадкове яйце викличе щонайменше пожвавлення і розбурхає емоції публіки на 100%, якщо, звичайно, їй (публіці) ще й надати рідкісну можливість побачити це яйце на власні очі і дати його помацати своїми руками. Еврика! Потрібно везти його до редакції. А значить зайвий галас тут мені зараз не потрібний.

**8**

Закінчивши всю свою роботу на Землі Франца Йосипа, я поспішив повернутися додому. Вже спускаючись трапом літака, я миттєво відчув як тепле повітря на вулиці і теплота в моєму серці від щастя, що я на рідній землі, одночасно повертають мене в звичний життєвий комфорт і професійний ритм; як знайоме середовище надає впевненості кожному моєму кроку і я радію як дитина всьому добре знайомому та рідному.

Моя дружина зустріла мене приємними новинами та смачною домашньою вечерею. Ганна розповіла, що в ТД банку, де вона працювала, звільнилося місце менеджером проектів і їй запропонували його зайняти. Знаючи, як моя дружина любить свою роботу, я щиро порадувався за неї і привітав її з підвищенням. Я зі свого боку поділився з Ганною всіма моїми пригодами в Арктиці, включаючи знахідку раритетного яйця. Потім я відкрив сумку і дістав його звідти.

– Ну, як воно тобі? – запитав я у дружини, простягаючи їй незвичайний «сувенір» прямо у руки.

– Хм… Велике як для птаха. Може це яйце динозавра? – повертаючи на всі боки яйце, коментувала Ганна. – Судячи з того, що воно не б'ється, я думаю, може це зовсім не яйце, а якийсь мінерал або взагалі метеорит і на цьому можна зробити сенсацію чи наукове відкриття. Завтра понесу його до редакції. Можливо, я не перший, хто з цим стикається і вже є якесь пояснення усьому.

– Карел, ти справді впевнений, що воно не розіб'ється, якщо, наприклад, впаде на підлогу? – з сумнівом запитала Ганна, продовжуючи розглядати яйце.

– Так, певен, хочеш, разом спробуємо розбити? – У мене воно вже падало і не розбилося, – запропонував я.

– Ок, давай тільки в гаражі, там підлога цементна, про всяк випадок, – погодилася Ганна.

Ми спустилися в гараж і вона, спираючись на мої незаперечні докази про неб'ємність яйця, без сумніву та страху кинула його на підлогу. Яйце відразу розбилося як кришталева ваза і розпалося на кілька частин. А сам гараж почав наповнюватися якимось блідо-рожевим чи то димом, чи то туманом, що виходив із розбитого яйця, все ще схожого на м'яч для гри в регбі.

Ми з Ганною переглянулися і застигли на місці, а хмароподібна бліда субстанція, тепер уже у вигляді прозорого, дуже тонкого газового шарфика, залишила, нарешті, яйце, що розкололося, і не поспішаючи почала облітати зверху до низу територію нашого гаража, ніби досконало вивчаючи її з усіх сторін. Останніми у її «списку» були ми. Перед тим, як зникнути назавжди, довгий димчастий шлейф, немов слід від реактивного літака, наблизився до нас, приміряючись, а потім, пройшовши крізь нас, розчинився в повітрі наче його ніколи й не було. І якби я був у домі один, то напевно міг би подумати, що мені все це здалося від великих навантажень на роботі та поза нею. Тим більше зараз, коли світ вже не перший рік трусить від наслідків коронавірусної інфекції. А побічні ефекти від перенесеної мною вакцинації могли проявити себе по-різному. Навіть у формі галюцинацій. Однак моя дружина Ганна була поруч і вона бачила і відчувала те саме, що і я, тому ми прийняли все, що трапилося, як факт і обмінялися нашими враженнями від побаченого.

– Ганно, ти злякалася? – спитав я дружину, чи може ще й образилася на мене за те, що я притяг до дому те, що сам не знаю,що.

– Дивно, але я не злякалася. В іншій подібній ситуації, я б уже тремтіла від страху. Але тут крім цікавості я нічого не відчувала, – відповіла Ганна і відразу скрикнула як божевільна:

– Дивись, дивись Карел, там щось ворушиться, там щось є!

Вона вказала на місце, де лежала шкаралупа розбитого яйця. Ми побачили, що вона дійсно рухається начебто хтось хоче вибратися з-під уламків назовні. Ми прислухалися до цього шереху і незабаром до нашого слуху долинув слабкий писк, схожий на звук комара, що пролітав повз вухо. Шкаралупа весь час перебувала у русі.

– Ганно, не подобається мені все це, – на повному серйозі зауважив я. – Одягну-но я, про всяк випадок, гумові рукавички та захисні окуляри. Хто зна, що то за звір; приготуй, будь ласка, колбу з кришкою, щоб помістити туди це диво та віднести до лабораторії на аналіз.

Як тільки запобіжні заходи були вжиті, я взявся по черзі піднімати розбиті шматочки. Так я наблизився до того, що рухалося під шкаралупками. Від несподіванки я мало не обімлів, бо переді мною лежало справжнє немовля, але таке маленьке, що легко могло б поміститися на моїй долоні. Я акуратно підняв його і покликав дружину:

— Ганно, ти готова побачити те, що я знайшов чи вірніше, кого я знайшов?

— Так, готова, не тягни, показуй швидше, — відповіла вона.

Я простягнув Ганні руку. Вона взяла «крихітку» з моїх рук і сказала: «Яка чарівна дівчинка і вона вся тремтить, їй холодно!

Насамперед ми її вкриємо, потім нагодуємо, а потім вже прийматимемо мудрі рішення» — дивлячись на мене, безапеляційно промовила дружина.

— Мила, які рішення? Завтра я маю все доставити до редакції разом із моїм звітом з відрядження.

— Карел, єдине, що ми зараз повинні, — це допомогти бідолашній, цій дівчинці з яйця; їй дуже потрібна наша допомога.

Так що колба точно скасовується — дуже зворушливо сказала Ганна. Очевидно, в ній заговорив материнський інстинкт.

— Я тебе чудово розумію, — не здавався я, — але ми нічого не знаємо про цю істоту. Може бути вона інопланетна, або дуже давня, і добре збереглася у льодах з тих пір, коли деякі стверджували, що життя походить з яйця? У будь-якому випадку все це варто вивчити у спеціальних дослідницьких центрах.

— Навіть якщо й інопланетне… подивись яке воно безпорадне. Воно ж у повному розумінні слова, у наших руках. Воно довіряє нам і йому потрібна наша допомога. Ти тільки глянь… — Ганна підійшла ближче до мене і я побачив, що дитя (назвемо його так) більше не тремтить і навіть заснуло. Воно насправді було схожим на новонароджене людське немовля, тільки в десятки разів менше.

— Дорога, — звернувся я до дружини, ну допустимо ми залишимо дівчинку поки що у нас, а потім… у тебе є ідея, що ми з нею робитимемо потім?

— А що роблять люди, коли знаходять на вулиці безпритульного кошеня чи цуценя, чи… яка різниця кого… — відповіла Ганна запитанням на запитання і я зрозумів, що все потрібно прийняти як подарунок долі та плисти за течією, а далі видно буде.

— Згоден, не варто забігати далеко наперед, діятимемо за обставинами, — підтримав я дружину, як і личило чоловікові в ситуації, що склалася.

## 9

Ніч пройшла спокійно, без паніки та тривоги. Малятко не турбувало нас до світанку. А потім ми прокинулися від справжнього дитячого плачу. Він був не гучним, але виразним. Дитині не подобалося мокре простирадло і, швидше за все, вона зголодніла за ніч. Ми переодягли її, а потім погодували з піпетки коров'ячим молоком і вона знову заснула.

— Карел, ти думав як ми назвемо цю дівчинку? – запитала мене Ганна.

— Та ні, я гадки не маю, чесно кажучи.

— Тоді пропоную дати їй ім'я Арктика, а коротко – Тіка. Майже як Тіна (Тернер). Подобається? – розвеселилася Ганна від своєї вигадки.

— Тіка, так Тіка, думаю вона заперечувати не стане, – погодився я.

Увечері, коли я повернувся з роботи, на мене чекав сюрприз. Анна вийшла мене зустрічати з Тікою на руках. Було дивно бачити як лише за одну добу дівчинка помітно підросла. Тепер вона вже не поміщалася на одній долоні, а почувала себе затишно, коли Ганна клала її на вигин своєї лівої руки біля ліктя і притискала до себе як маленьке кошеня. Помітивши моє здивування, Ганна сказала: «Карел, ми не повинні нічому дивуватися, адже – це незвичайна дівчинка».

**10**

Дні пролітали швидко, життя текло своєю чергою. Тіка росла не щодня, а щогодини. І у свої три місяці вона виглядала як трирічна дитина і цілком відповідала розвитку трирічної дитини. Вона добре говорила, читала вірші, рахувала, співала, любила грати з нами в різні ігри, але найголовніше, вона любила нас як своїх власних батьків і ніколи даремно не вередувала. Ми боялися думати про те, що, можливо, одного разу, нам доведеться розлучитися з нашою улюбленою Тікою. Якось я запитав у Анни:

— Тобі не здається, що нам не вдасться довго ховати Тіку. Настав час подумати як її легалізувати, дістати документи, що підтверджують, що вона наша дочка.

— Дивлячись на неї, я теж про це часто думаю. І схиляюся до того, щоби взагалі переїхати звідси туди, де нас ніхто не знає. В Італію, наприклад, там красиво і середовище для здоров'я корисне; навколо море, — відповіла Ганна.

— Ні, не треба до Італії, — почувся голос Тікі з її кімнати.

— Чому? — одночасно спитали ми.

— Тому, що я сама скоро піду від вас, — лагідно пояснила дівчинка.

У Ганни на очах заблищали сльози і ледве стримуючись, щоб не розплакатися, вона спробувала уточнити куди і коли Тіка збиралася йти.

– Тіка, дитинко, може, тобі не подобається у нас, можливо ти хочеш нові іграшки… ти тільки скажи, ми все для тебе зробимо. Навіщо ж одразу йти. До того ж, куди ти підеш? Так заблукати легко, – висловила занепокоєння Ганна.

– Ні, мені дуже подобається у вас у гостях, але мій дім не тут, – відповідала дівчинка, і за мною прийдуть мої справжні батьки.

– Ясно, моя хороша, – розуміючи, закивала головою Ганна, і притискаючи до себе Тіку, запитала: «А чи можемо ми піти з тобою до тебе додому і бути твоїми гостями?»

Тіка посміхнулася, поцілувала Ганну і по-дитячому відповіла: «Ні, такі люди, як ви не зможуть жити з нами у льодах і під ними. Навіть у гостях… Але я обіцяю вас іноді відвідувати».

На цьому наша розмова закінчилася і ми намагалися більше до неї не повертатися, щоб не думати про сумний день нашого розставання, який станеться рано чи пізно і незалежно від нас…

**11**

Одного разу під час сніданку Тіка запитала мене:

– Карел, ти можеш сьогодні пропустити твою роботу і провести весь день зі мною та Ганною?

– Ні, Тіка, саме сьогодні у мене дуже зайнятий день на роботі і мій бос чекає на мене з важливим звітом. Якщо я не прийду, він дуже засмутиться, – пояснив я.

– Ні, – вперше за весь час розплакалася Тіка, – твій бос не засмутиться, а я – дуже і Ганна теж, – не вгамовувалася дівчинка. Будь ласка, Кареле, не ходи на роботу… Адже я ніколи раніше тебе ні про що не просила.

– Що це з нею? – запитав я Ганну.

– Не знаю, – ціла істерика на рівному місці, але думаю нам потрібно прислухатися до неї, щоб вона не захворіла, інакше що ми робитимемо, як її рятувати, куди бігти? – поділилася своїми побоюваннями Ганна.

– Стривай, а як ти собі це уявляєш? Мене виженуть за прогули і матимуть рацію. Так, дорогі мої, мені шкода, але доведеться йти на роботу. Арбайтен! І чао! Тіка плакала й гикала одночасно. На дитину було шкода дивитись.

— Зачекайте хвилинку і помовчіть. — Ганна взяла телефон і набрала номер мого начальника.

— Пане Лукаше, це Ганна Бішек, дружина Карела вас турбує.

— Так, слухаю вас, що трапилося, Ганно?

— Нічого страшного, не хвилюйтеся. Просто сьогодні вночі у Карела запалився зуб мудрості та піднялася температура. Вранці розпухла щока, і я записала його до стоматолога. Тому якийсь час він вимушено проведе вдома.

— Сподіваємося, що лікар допоможе і вже завтра Карел зможе вийти на роботу, — збрехала Ганна.

— Дякую, що попередили, пані Бішек. Передавайте Карелу наші побажання якнайшвидшого одужання. До побачення.

— Дякую передам. До побачення.

— Ну ось, я взяла удар на себе і тепер у нас буде все добре, — підсумувала Ганна, — щоправда, з тією маленькою умовою, що до стоматолога таки йти доведеться.

І, до речі, ти, Карел, зовсім нещодавно скаржився на свій 3-й верхній праворуч. Тож готуйся.

— На четвертий, — уточнив я.

Тіка щаслива, що я не йду до редакції, припинила плакати і попросила повести її після зубника до зоопарку. Вона дуже любила тварин, а вони завжди її впізнавали і пожвавлювалися як тільки Тіка з'являлася поруч.

## 12

День вдався. Ми нікуди не поспішали і всюди встигли. Але додому повертатися ще не хотілося, і ми вирішили піти повечеряти до італійської піцерії «У Пеппе» неподалік зоопарку. Ми замовили піцу «Маргариту» для Тікі, «4 сезони» для Ганни та «4 сири» для мене. Поки готувалася піца, ми дивилися великий телевізор на стіні.

В якийсь момент в телевізорі замиготіли знайомі контури району, в якому була моя редакція і тележурналісти на перебій почали коментувати, що сталося сьогодні, – обвал несучої стіни в одному старому будинку, де розміщувалася друкарня та мій офіс. Говорилося, що багато людей опинилися під уламками будівлі та багатьох госпіталізували. Спеціально створена комісія ще веде розслідування того, що сталося, тому про нові факти глядачам повідомлятимуть у наступних репортажах.

Апетит різко зник. Ми попросили приготувати нашу вечерю «на винос» і, як тільки все було готове, поїхали додому. Всю дорогу ми їхали мовчки і потихеньку дорога нам допомагала прийти до тями. Нарешті, вже вдома, Ганна вимовила здавленим голосом:

— Який жах. Нам, виявляється, пощастило, що Тіка попросилася в зоопарк на іншому

кінці міста і що ти сьогодні не пішов на свою роботу.

— А може, це не просто збіг? — подивившись на Тіку, спитав я Ганну.

— Може, — відповіла вона і звернулася до дівчинки:

— Тіка, а ти знала раніше, що сьогодні обвалиться стіна у тата на роботі?

— Ні, не знала. Я раніше ніколи нічого не знаю — спокійно відповіла Тіка.

— Ну, а як же ти тоді казала, що знаєш, що в майбутньому за тобою прийдуть твої батьки… І, до речі, як ти дізнаєшся? — поцікавився я.

— Я їх впізнаю по тому, що вони будуть говорити зі мною моєю мовою, яку отримує кожна дитина при її народженні і яку не знає більше ніхто крім її батьків та її самої, — впевнено промовила дівчинка.

У цей час у двері постукали. Тіка радісно закричала: Це вони!

<h1 style="text-align:center">13</h1>

Я розплющив очі і побачив над собою схилені голови незнайомих людей. Вони щось белькотіли своєю мовою. Один з них, помітивши, що я блимаю і намагаюся розібратися що трапилося, звернувся до мене англійською:

– Хей, бадді! Ти прокинувся! Це добре! З гори тобі на голову впав шматок льоду і ти знепритомнів. Встати можеш?

Я спробував і похитнувся. Двоє інших, у яких я дізнавався раніше про екотуристів, допомогли мені стати на ноги.

– Як ти? – запитували мене інші.

– Дякую за допомогу, – відповідав я, ще не донця розуміючи, що зі мною відбувається, – трохи паморочиться в голові, але загалом – окей.

– Не хвилюйся, це минеться, – говорили зі знанням справи туристи.

Потім, постоявши трохи в тиші і озирнувшись навколо, я зрозумів, що я все ще в Арктиці і мені тільки доведеться подолати довгий шлях назад додому.

Повернувшись на Батьківщину, я розповів своїй дружині про все, що я бачив і випробував на далекій Півночі. Не приховав нічого про «країну льоду», і про загадкове яйце. Я наробив багато фотографій блакитних айсбергів, північного сяйва, білих ведмедів та вусатих гренландських тюленів. Також приготував унікальний репортаж про зниклий Арктичний півострів і людей, які за покликом свого серця присвятили себе крайній Півночі. Оскільки я все життя зберігаю вірність теплу та розкішним пальмам, я вмовив Ганну поїхати на тиждень відпочити на Кариби, перш ніж приступати до рутинної роботи.

Усього за тиждень відпочинку, тропічний клімат і шепіт моря наповнили нас свіжими силами, модною засмагою та прекрасними планами на майбутнє.

Я повернувся до редакції і одразу поринув у роботу. Я не шкодував на неї ні сил,ні свого креативу, ні часу, і мій бос, пан Лукаш щоразу мене хвалив і ставив усім за приклад, особливо за мою роботу на Півночі, хоча це вже було в минулому. А ще через кілька місяців, 21-го грудня мені знов нагадала про Арктику стаття в *CNN*. Там писали про те, що на півдні Китаю було знайдено найдавніше яйце віком 72 млн років із зародком динозавра всередині. Фотографію цього яйця також розмістили у статті. Воно було у формі м'яча для регбі і дивним чином нагадувало мені те саме яйце, яке мені примарилося на Землі Франца-Йосифа…

# Онда

# 1

Середину вересня 2021-го року я запам'ятаю надовго. Два роки мене обходив стороною коронавірус, а тут вистежив мене, обнюхав з усіх боків, а потім напав, накинувся, як хижий звір і почав мучити моє бідне тіло.

Мені доводилося до цього багато читати про тяжкі постковидні наслідки у людей різного віку, але вони мене не дуже лякали і не стимулювали вакцинуватися. Недарма ж іноді кажуть, що поки що сам не відчуєш, не зрозумієш. Мабуть, це про мене.

Насамперед, з чого почав ковід, це з високої температури. Він повністю змінив мої повсякденні звички та смаки (причому останнє, тобто смак він взагалі скасував). У мене не було апетиту, я злягла і навіть перестала сидіти в інтернеті. Після кількох днів із температурою 39°C внутрішні органи просили про помилування. Печінка, нирки і серце билися і тріпотіли всередині, як переляканий птах у руках людини. На щастя, через десять днів я пішла на поправку і на прощання «пригрозила» короновірусу щепленням, а він теж не залишився в боргу, оскільки головний біль мене переслідував ще довго після хвороби.

<h1 style="text-align:center">2</h1>

Задзвонив телефон. Я почула голос мого друга та сусіда Френка:

— Чао, Терезо, як справи? Я чув ти перехворіла на вірус… Саме час йти в похід на наше озеро Бьюті, поки погода хороша і собак візьмемо з собою побігати.

— Привіт Френку, як ти? Я вже справді ок, можна готувати рюкзаки, — відповіла я, не тільки тому, що хотіла поїхати на всіма шановане високогірне озеро, але більше тому, що скучила за своїм другом, за тим, що життя триває і воно прекрасне!

— Гарні новини, — сказав Френк, — додамо тебе у *wait list*. Як оголосимо загальний збір, я тобі передзвоню.

— Чекатиму з нетерпінням, — щиро відповіла я.

Що ж до самого озера Бьюті, то воно дуже чисте і блакитне як небо і водночас дуже холодне, щойно розтане лід, навіть у спекотний час.

Якщо воно колись і потеплішає, то тільки від полум'яних сердець туристів, які тисячами на день прибувають до Строндленду до своїх улюблених озер, гір, ведмедів грізлі, диких оленів, хижих птахів і, за великим рахунком, до себе самих. Вони їдуть, пливуть, летять і йдуть туди, куди їх тягне їхнє власне серце. Де їхнє внутрішнє «я» зливається з природою, частиною якої вони завжди були і є.

Щодо моїх переваг, то вони повністю відносяться до моря синього, моря веселого, моря, що кличе та кипить, глибокого; такого як я сама, такого, що близько до моєї натури. На жаль, у Тіноні моря немає, тому доводиться задовольнятися малими водами, але іменитих річок та озер яких тут багато.

Джейсон хоч і мій рідний син, але в усьому від мене відрізняється: і зовнішністю, і характером, і, звичайно ж, уподобаннями. Так, наприклад, він не любитель морів, але любить гори. Він і сам як гора — неприступний, величний, часом дикий, крутий та захмарний.

Перфекціоніст і трудоголік, він занурюється у свою роботу на початку тижня і потім його не видно до наступного вікенду.

Це, безумовно, дало свої результати. Джейсон досяг успіху в науці і в своїй кар'єрі. Він захистив докторську дисертацію з лінгвістики та влаштувався працювати у солідну фірму. Але я більше хотіла б для нього, щоб він перш за все влаштував своє особисте життя, тоді я б із задоволенням няньчилась би з онуками. Сім'я — це особливий світ, де народжується нове життя, де підтримуються сімейні традиції та зберігаються сімейні секрети, де один за всіх і всі за одного. І з цим не посперечається ніякий омонім, антонім, конотат, синонімічний ряд або будь-який лінгвістичний топік, навіть найцікавіший і найсучасніший…

Думаю, мій син, просто повільно дорослішає і все особисте залишає на потім, знаючи, що його гарна зовнішність ще довгий час приваблюватиме дівчат і він, зрештою, когось із них вибере собі в супутниці життя. Ну, а поки нічого цього не було, ми продовжували жити по-старому, кожен у своєму світі.

Я як письменник-фантаст, вигадувала і писала, мій син працював на знос на своїй фірмі, так як під час пандемії багатьох з його співробітників і колег скоротили, а роботу залишили, розкидавши її серед найпрацьовитіших у команді. Його це виснажувало не на жарт. З'явився реальний ризик залишитися без засобів для існування, якщо організм не витримає таких навантажень і звільниться. Єдине, що могло б зараз розрядити обстановку – це гарний відпочинок десь на морі, під пальмою, з курликанням чайок і тубільцями, що усміхаються.

<h1 style="text-align:center">3</h1>

Я почала регулярно переглядати новини курортів у світі. Найближчими до нас були Куба, Мексика, Домінікана та Гаваї. Оскільки з географією, історією, кліматом цих країн я була добре знайома, то вирішила поцікавитися ще й політичною атмосферою, яка там панувала, адже вона дуже впливає на відпочинок туристів.

Почала я з Мексики. І пошкодувала про це. Оскільки такі відомі джерела, як *CNN*, *BBC*, *CTV News* та інші писали того дня про те, що в цій країні, в одному популярному місті на пляжі було вбито двох людей через терки з наркобізнесу. Одним словом – кримінал. Гірше за будь-яку політику.

Писали також про те, що раніше двох туристів з Німеччини та Голландії було вбито прямо на екскурсії на пірамідах Майя і ще чотирьох поранили.

«Так, це жах, поїхати відпочивати і не повернутися! Кому це треба?» – з жахом думала я. З того часу наводити довідки про інші курорти мені різко перехотілося.

За два тижні, спустившись на кухню, щоб випити чашку кави після успішно написаної мною казки «Про три примхи», я почула голос сина, який кликав мене з другого поверху:

— М-а-а-а, м-а-а-а!

— А? — запитала я Джейсона.

— Можеш підійти, пліз. У мене для тебе сюрприз! — загадково промовив він.

— Іду.

Піднявшись у кімнату мого сина, я побачила, що він сидить перед монітором і резервує квитки до Мексики у будинок відпочинку «Маре адзуро». Побачивши мене, Джейсон відірвався від компа і радісно вигукнув:

— Ми їдемо до моря на тиждень! Думаю, ми цього заслуговуємо і до того ж нам треба відпочити. Це і є мій сюрприз.

— Випадково не до Мексики? — запитала я сина.

— Так, саме туди. Ми їдемо до найкласнішого туристичного міста. Хвилюватися нема про що. Літак прямий. Тут сіли — там встали.

Джейсон показав мені на комп'ютері наш курорт із бірюзовими басейнами, кучерявими пальмами, з видом на спокійне чисте море, і я вирішила нічого йому не говорити про ті новини, які нещодавно прочитала.

— Ну, справді сюрприз вдався! Не чекала я від тебе такої спритності. Коли виїжджаємо?

— Рівно через тиждень, – відповів Джейсон.

— Тоді я почну збиратися прямо зараз. Потрібно перевірити у якому стані морські речі, потім не забути покласти крем від засмаги, окуляри, капелюх, спрей від комарів…

— Ма, не поспішай, а добре подумай, що тобі справді необхідно для відпочинку, щоб зайвого не брати. Наприклад, спрей від ведмедів тобі точно не стане в нагоді, – підказав син.

— По-перше, спрей не від ведмедів, а від комарів, а по-друге, *better safe than sorry*. До речі, ще потрібні сорочка з довгим рукавом, спортивні штани, та багато інших речей, – сказала я і пішла збиратися з думками.

Мені було приємно, що Джейсон вважав за потрібне поїхати на відпочинок, наповнити легені свіжим морським повітрям,немов вітрила… Думаю, що нам обом це мало піти на користь після ковіда.

## 4

Наш політ тривав понад шість годин. За цей час ми добряче втомилися. Вийшовши з аеропорту Калуну, ми опинилися як би в сауні, оскільки нас з ніг до голови накрило гаряче вологе повітря. На щастя, це тривало недовго, а лише короткий шлях до великого туристичного автобусу з кондиціонером. Автобус вже чекав на парковці аеропорту, щоб відвезти туристів на курорт «Маре адзуро». Хоч їхати було і зручно, але неприємно, оскільки курорт був далеко, а дорогою ми мали проїхати безліч брудних вулиць та недоглянутих будинків. Єдиним пристойним місцем на шляху до казкового курорту мені здалися кілька адміністративних будівель та міська лікарня. Навіть яскраві квіти і соковита тропічна зелень, що хаотично розрослися вздовж проїжджої частини, росли впереміш з купами сміття.

Тільки через годину з початку нашої подорожі тісними та розбитими дорогами, ми виїхали на повноцінну трасу. Вона вела у особливу зону відпочинку туристів місцевих, і іноземних. Побудовані для відпочиваючих готелі відрізнялися своєю архітектурою від класичного мексиканського стилю. То справді був зовсім інший розмах, інші орієнтири. Тут пахло грошима та комфортом.

«Маре адзуро» зустріло нас милими посмішками та гарним сервісом.Симпатична дівчина на ресепшені видала нам ключі від двокімнатного номера, ознайомила з правилами цього резорту та надягла нам кожному на руку гнучкий пластиковий браслетик рожевого кольору, як представникам саме цього курорту, щоб ми могли вільно користуватися всіма благами та послугами на його території.

Це стосувалося буфетів, ресторанів, кав'ярень, барів, дискотек, басейнів, водних гірок, човнів, лиж та інших приємних дрібниць, які справляють враження від відпочинку та викликають бажання поділитися позитивним досвідом зі своїми родичами та друзями, а також знову сюди приїхати.

Мене охопило справжнє захоплення, коли я побачила, що вікна нашого номера виходять прямо на море і на так звану центральну тусовку (сцену) нашого резорту. Небагато відпочиваючих могли б похвалитися такою комплексною панорамою огляду. Магія чайових у Мексиці робить великі чудеса! З нашого балкону як на долоні добре було видно три басейни, чотири ресторани, розкішні клумби зі свіжою соковитою травою, чагарниками та квітами. Доповнювали краєвид сіро-зелені ігуани, яких, незважаючи на їх вельми серйозні габарити, ніхто не боявся, оскільки ці представники рептилій мають імідж добряків-вегетаріанців. Дискотека та сувенірні магазини теж були у полі нашого зору. Все рухалося і грало, від чого я була в захваті, оскільки дуже люблю рух і галасливі місця.

Приємні емоції запаморочили мені голову і я забула, що весь день була голодна, як мисливець, як кажуть у нас в Америці. Джейсон теж крім води і сніданку нічого не їв протягом дня, тому він запропонував якнайшвидше привести себе в порядок і піти кудись повечеряти. Треба було тільки вибрати ресторан.

Коли ми вийшли на вулицю запах їжі йшов з усіх боків і це збивало нас з пантелику. Нарешті ми зупинилися на італійському ресторані «Колізей». Зайшовши всередину і ознайомившись з меню, ми трохи розчарувалися, тому що крім відомого і досить дорогого сиру горгондзоли, пасти та оливок, там не було на що дивитися.

Тоді ми пішли у «скромний» «буфет» із самообслуговуванням. Виявилося, що це найкласніше місце в «Маре адзуро», де будь-хто, хто бажав влаштувати собі свято живота, міг бути впевненим, що голодним він не залишиться. Тому розчарованим відвідувачам ресторанів (вартість яких теж була включена до путівки), як і нам, дуже завбачливо був доступний буфет. Приваблював буфет своїх відвідувачів усім, чого може побажати середньостатистичний турист, починаючи від супів, сирів, ковбас, морепродуктів, піц і закінчуючи йогуртами, тістечками, відрами згущеного молока, і фонтанами з шоколаду…

**5**

У жовтні тут темніє вже о 18:30 і тому після вечері до моря йдуть лише найвідважніші чи нерозважливі туристи, адже можна спіткнутися об рослини, наступити на якихось ящірок чи комах тощо. Тому активний нічний відпочинок біля води, адміністрацією нашого резорту не заохочувався та іншого освітлення, окрім місячного світла, там не було. Таким чином, після вечері нам залишалося тільки піти до себе в номер або поблукати з Джейсоном територією нашого місця відпочинку. Ми вибрали друге.

Територія виявилася невеликою, доглянутою з різними майданчиками пляжного спорту (волейбольним, баскетбольним та тенісним). Тут росли різноманітні тропічні квіти химерної форми та сліпучо яскравого кольору, переважно жовті та червоні. Як би я хотіла залишитися довше з цими пелюстками, гілочками, пальмочками, справжньою соковитою зеленою травою по щиколотку висотою, а не тією, тоненькою і ріденькою, як у кота вуса, яку разом із землею згортають у рулон і стелять килимком де завгодно!!! Але головне, щоб поряд завжди було море!

До моря, наступного дня, ми прийшли з самого раннього ранку, а якщо точніше, то о 5:30 за місцевим часом. Ранкове сонце, не поспішаючи, проривалося у новий день змінюючи колір неба, тільки-но прокинулося. Небо, під натиском жовтих,жовтогарячих променів сонця, непомітно ставало то рожевим, то сизим, то білим. У результаті, переповнившись повністю сонячним світлом, воно набувало яскраво-синього забарвлення, і грайливий вітер час від часу переганяв по ньому білі хмари з боку в бік. Тепле, як парне молоко Карибське море, з слухняністю приймало колір, що відбивається в ньому від раннього неба. І часом було досить важко визначити лінію горизонту, оскільки світле синє небо вдалині органічно зливалося з чистою бірюзовою водою.

– Мам, дивись, у морі вже хтось плаває, та ще й так далеко, – сказав Джейсон і показав мені у бік моря.

Подивившись у той бік, куди показував мій син, і нічого чітко не побачивши, я вирішила, що він прийняв буйок за голову купальника і тому відповіла:

– У таку рань, навряд чи. Хіба що це якийсь Олімпійський чемпіон на тренування прокинувся б. Швидше за все, це буйок.

— Ні, не буйок і ця людина пливе в наш бік. Тож ми особисто зможемо запитати, чому йому не спиться. Думаю йому просто подобається ранкове море, свіже, спокійне і все тільки для нього, — припустив Джейсон.

— Хм, подивимося, — промовила я, вже помітивши людину, що пливе брасом.

У цей час плавець (або плавчиха), побачивши глядачів на березі, різко повернув праворуч і поплив уздовж берега різними стилями, то на спині, то кролем, то батерфляєм.

— Гарно, нічого не скажеш, може, справді готується до серйозних змагань, — підсумував Джейсон. Виявляється, люди приїжджають сюди не тільки, щоб від'їстися та добряче засмагнути…

— Кожному своє, ми — щоб накупатися у морі. Тому, наслідуємо приклад цього плавця, — сказала я і пішла в море. Джейсон пішов за мною.

Море в цей час було напрочуд ніжне і прозоре. Воно навіть на глибині здавалося добрим і доброзичливим. Мальки риби не намагалися пливти подалі від людей, що наближалися до них. Здавалося, вони вже давно звикли до їхньої присутності і сприймають людей як інших представників місцевої фауни.

На пляжі ми пробули до 11-ої, а потім, щоб не згоріти на сонці, пішли під навіс до басейну.

Спека стояла неабияка. З незвички навіть навіси від сонця нас не рятували. Тоді ми вирішили до всього звикати поступово та взяли курс на наш номер с балконом. На шляху нам трапився бар із гарними коктейлями на будь-який смак. Джейсон не підтримував спиртні напої та коктейлі, але безалкогольний лимонад у таку спеку випити не відмовився.

Усі місця у барі були зайняті компаніями молоді, які відпочивали у «Марі адзуро». За одним із столиків, однак, сиділа самотня дівчина і нудьгувала:

— Вибачте, ви не будете проти, якщо ми з мамою ненадовго сядемо за ваш столик, аби випити по пляшці коктейлю? — запитав її Джейсон.

— Звичайно, сідайте, я якраз збиралася йти, — чи то збрехала, чи то щиро відповіла дівчина таким приємним, мелодійним і довірлим голосом, що Джейсон, зазвичай нелюдимий і стриманий, пустився в невимушену розмову з незнайомкою. Він мав багато запитань, які без перебою їй ставив:

— Ви давно тут відпочиваєте? Як вам тут подобається?

— Та тут добре, — відповіла та. — Я завжди відпочиваю у цьому резорті. Тут багато людей та багато розваг. Ви вже були на високих водах?

— Піти на гірки та політати на парашутах над морем ми намітили після обіду.

Я потягувала свій коктейль «амарето» і не без задоволення краєм ока спостерігала як між моїм сином та дівчиною народжується дружба. Тим часом у зовнішності нашої сусідки по столу було щось не гаразд. Дивувала її нетипово біла шкіра, як для людини, яка приїхала раніше за нас відпочивати. Тут вітер і сонце за день роблять із офісного працівника із білою до зеленого відтінку шкірою культуриста, зі шкірою кольору бронзи або, що стосується дівчат, засмаглих учасниць конкурсу краси. Навіть перебуваючи не під прямими променями мексиканського сонця більшу частину дня, туристи досить швидко обвітрювалися до приємної легкої засмаги.

Так як панночка була одягнена в довгу спідницю і тільки у верхню частину роздільного купальника, то не засмагнути вона просто не могла. «Отже, вона обманює, що приїхала раніше, або щось не так з її пігментацією шкіри», — зробила я свої висновки. А мій син тим часом продовжував засипати дівчину запитаннями:

— Ми прилетіли з Америки, мене звати Джейсон, а ви звідки і як вас звати?

— Рада нашому знайомству, Джейсон, мене звуть Онда, впевнена, що ми ще побачимося: тут всі багато разів зустрічаються тому, що територія резорту маленька, – піднімаючись зі свого місця сказала Онда і глянувши на мене побіжно, теж вимовила «до побачення» перед тим, як попрямувати до виходу. Джейсон дивився їй услід.

– Яка бліденька. Може, вітаміну «D» не вистачає, і ніжки, судячи з ходи, дуже кривенькі, – дозволила собі я коментар, негідний, з погляду мого сина.

– Мам, ти постійно обговорюєш людей, та ще й так голосно. Якщо ти й далі так робитимеш, я не буду з тобою нікуди ходити. Ти сама по собі, я сам по собі.

– Відмінна ідея, синку, можемо почати вже зараз, – погодилася я, передбачаючи повну свободу дій.

# 6

На обід ми пішли порізно. Джейсон узяв фотоапарат, щоб зняти місцеві визначні пам'ятки, а я зустріла своїх нещодавніх знайомих Джейн та Еріка, які були з Квебеку, і ми захопилися обговоренням карантинних заходів у Канаді та Америці.

Через двадцять хвилин я вирушила в буфет і знайшла там Джейсона в компанії Онди з бару.

Вона була так само одягнена, а всередині приміщення її шкіра тепер здавалася сірого кольору. Дивовижне розпущене, хвилясте волосся дівчини нагадувало чудовий, спадаючий терасами, сяючий водоспад.

«Правильно кажуть, що ідеальних людей немає», – подумала я. – «Я теж не міс Всесвіт». Але щось все одно мене насторожувало всередині. Можливо, її маленька брехня і недомовки. Не дарма ж кажуть, що маленька брехня породжує велику недовіру. І крім усього іншого, в ній було щось слизьке й відразливе, щось холодне й чуже. Те, що не завжди можна пояснити, але в чому ти впевнений.

– А ось і я, – перервала я голубків, – ви вже обрали, що ви будете?

– Ні, мам, ми щойно зустрілися і ледве встигли перекинутися парою трійкою слів, – відповів мій син.

– Я сподіваюся, що Онда поїсть із нами? – з найдобрішим виглядом запитала я.

– Ні, дякую, ми з Джейсоном разом домовилися повечеряти сьогодні ввечері, – люб'язно сказала дівчина і побажавши нам приємного апетиту, посміхнулася і пішла.

Не знаю чи помітив Джейсон, але від мене не вислизнуло те, що дівчина мала проблему з зубами. Її жовті зуби, які оголилися під час посмішки, здавались загостреними та кривими.

— Яка дивна, — вирвалось у мене.

— Ма, ти знову за своє, — з роздратуванням буркнув син, вирушаючи за їжею.

Я залишилася за столом і думки мої повернулися до Онди. Я також звернула увагу на те, що у неї на руці не було рожевого браслета, як у всіх нас, туристів «Маре адзуро».

«Як же так, як вона опинилася тоді тут, у нашій «пісочниці»? Чи, може, вона десь його випадково порвала, тоді чому не взяла новий? Як вона без нього переміщається територією курорту? Може, вона з наркокартелю, тоді що їй від нас треба? Так будувала я припущення поки несподівано не підійшов Джейсон і не поставив свою тарілку на стіл. Я встала і теж пішла за обідом.

Оскільки я хотіла хоча б трохи спробувати різних страв, то довелося наповнити дві тарілки, зміст яких включав курку гриль, мариновані овочі, різні м'яса і ковбаси, свіжий хліб, два або три види рису по ложці кожного і десерт.

Повернувшись до сина, я усвідомила, що не дуже я і голодна, чи то через задуху, чи то через дратівливість сина, який приймав мою спостережливість за жовч. Щоб, як кажуть в Америці, поламати кригу, я звернулася до сина:

— Синку, а знаєш, що нам потрібно обов'язково зробити найближчим часом?

— Що?

— Нам потрібно не забути зареєструватися на автобус в аеропорт на дорогу назад, щоб не спізнитися на літак.

— Точно, я випустив це із плану. Давай займемося цим відразу після обіду, — погодився Джейсон.

— Ок і потім на море! — запропонувала я.

## 7

Резорт, в якому ми відпочивали, називався сімейним. Це означало, що сюди приїжджали люди навіть з маленькими дітьми, на відміну від інших місць, де бронювали відпочинок тільки для дорослих. У результаті, у нас проводилися різноманітні конкурси та вікторини, у тому числі і з країнознавства для дітей та підлітків. У них був свій безалкогольний бар, свої ігри, свої танці та розваги. Дорослі сиділи поряд і спостерігали з боку, як розважаються їхні нащадки. Я теж приєднувалася до батьків, коли Джейсон йшов кататися на водних лижах або спускатися зі швидких водних гірок. Мені більше подобалося дивитися на маленьких дітей та сміятися, ніж спостерігати за екстремом свого сина та триматися за серце.

По дорозі до моря ми зупинилися біля сервісного пункту, щоб узяти собі на пляж нові рушники, і раптом… звідки не візьмись, знайомий милий голос проспівав: «Оля-я-я!». То була Онда.

— Ви на море йдете? — запитала вона.

— Так, хочеш із нами? — запропонував син.

— О ні, у таку спеку я волію перебувати біля басейну під тентом, — відмовилася дівчина.

— На морі ще краще, адже там висаджені рядами пальми прямо на піску. До того ж, Джейсону буде веселіше з вами, а вам із ним, — втрутилася я.

— Ні, дякую, побачимося ввечері, — сказала Онда і побігла до бару.

— Хм, вона постійно ходить в тому самому. До речі, тобі не здається, що вона переслідує нас?

— Ма, ти у своєму репертуарі! Вона ж відмовилася піти з нами на пляж. Значить ти – не права, — без образи і, на перший погляд, цілком логічно виклав Джейсон.

Однак мені було прикро, що Джейсон мене не розумів і не прислухався, але це не означало, що я на все заплющу очі:

– Знаєш, чому твоя подруга з нами не пішла? – запитала я спокійно.

– Знаю, – коротко відповів він.

– Навіть не здогадуєшся, а я її розумію. У дівчинки ноги колесом, тому вона в довжелезній спідниці ходить і асфальт підмітає, а отже соромиться, щоб ти не злякався, – пожартувала я.

– Ма, ти так кажеш, ніби ми збираємося одружитися, а я просто хочу знайти собі подружку поговорити, потанцювати, випити, зрештою, – виправдовувався Джейсон.

– Так, я чудово розумію. Знайди ти хоч три подруги для компанії одразу: одну на сніданок, другу на обід, а третю на вечерю. Але таку із зубами як у акули… А щодо того, що в неї немає браслета, як у всіх… я перед поїздкою читала про наркокартелі… так от я дума…, – не встигла я домовити, як Джейсон мене перебив і перевів тему розмови, як він зазвичай чинив, коли не хотів слухати те, що йому не подобається.

– Ма, дивися які дивні птахи. Вони збирають щось на піску та відносять у кущі.

– Це – недоїдки, які залишили неакуратні туристи, – зауважила я і в свою чергу показала йому на інших, великих, як пелікани, птахів, які пролітали низько над морем, а потім швидко занурювали у воду і піднімалися на поверхню вже з рибою в дзьобі.

Привертали до себе увагу і чайки, які важливо ходили білим піском, як міські голуби по площі. Карибське море цієї пори року тішило всім, крім одного — морських рослин, що нагадують, грона горобини з недозрілими ягодами. Їх було багато в морі і вони заважали купальникам насолоджуватися теплою морською водою з легким, свіжим пахом йоду та солі.

Джейсон подивився на годинник і сказав, що піде плавати на каяку. Я лягла на шезлонг і почала з-під капелюха спостерігати за людьми. Невдовзі мені стало погано через високий тиск, з яким я борюся протягом кількох років. Коли повернувся Джейсон, ми неквапом зібралися і вирушили в номер.

Прийнявши пігулку від тиску і постоявши трохи під прохолодним душем, я прийшла в норму, але синові не стала говорити про це зі стратегічних міркувань. Я вирішила перешкодити йому повечеряти з Ондою і тому пішла і прилягла на ліжку, прикинувшись хворою.

— Ма, як справи? — запитав мене Джейсон, ближче до вечора.

— Бувало краще. Можливо, доведеться йти до лікаря, — голосом доходяги відповіла я.

— Хм… – замислився Джейсон.

— Гаразд, обійдуся без лікаря. Я забула, що ти сьогодні зустрічаєшся з Ондою, – ледве вимовила я.

— Ма, яка зустріч, якщо тобі погано, – відповів Джейсон. – Я вже відправив Онді повідомлення, що вечеря переноситься.

— Дякую. Я постараюся заснути.

<h1 style="text-align:center">8</h1>

Наступного ранку о 7:00 ранку мене розбудив телевізор. Там транслювалася якась передача про птахів та тварин.

— Доброго ранку, ма. Як спалось? Тобі вже краще? – дбайливо запитав син.

— Дякую, здається краще, я не пам'ятаю як учора заснула. А ти виходив кудись?

— Ні, я сам вчора втомився і тому ліг, увімкнув телек і дивився його, поки не відрубився. Пропоную піти на сніданок і одразу до моря.

— Гарна пропозиція, підтримую.

Через п'ятнадцять хвилин ми вийшли на ранкове свіже повітря. Здавалося, що його можна було пити, настільки воно було вологим. Незважаючи на це, очевидно, для швидшого озеленення території резорту до пальм, кущів та трави газонів підходили трубочки для точкового поливу.

Підкріпившись із розрахунком на півдня, ми вирушили до моря. Як виявилось, ми не були першими на пляжі. Якийсь народ спав на тапчанах, мабуть, ще з учорашнього вечора і явно не був готовий зустрічати новий день. Молодь продовжувала кутатися у теплі ковдри і спати далі, доки не стало зовсім спекотно та шумно.

Ми провели цей день як завжди і ще раз переконалися, що після роботи немає нічого кращого за здоровий відпочинок, особливо на березі моря. Увечері на вечерю ми вирішили піти до азіатського ресторану «Бамбук» для спільного уявлення про кухню цієї частини світу. «Бамбук» відкривався о 19:30 і зустрічав своїх відвідувачів дуже гостинно і якби не маски та санітайзер на вході, то про пандемію можна було б забути.

Ми пройшли до зали і зайняли місця за столиком у самому центрі ресторану. Запахло чимось неприємним. Ми з Джейсоном перезирнулися і ніби по команді підвелися з-за столу і рвонули з ресторану. Я зупинилася, а мій син побіг до найближчого куща, тому що нудота підступила до його горла і не відпускала доти, поки свіже повітря не привело його до тями. Я підійшла до Джейсона і ми домовилися перш, ніж йти кудись ще, прогулятися територією резорту.

Відійшовши трохи у бік парку, ми помітили на лавочці Онду. Вона сиділа одна у вечірній темно-синій довгій сукні з прозорими рукавами і її волосся було ідеально покладене в зачіску.

«Зовсім інша справа», — подумала я, а вголос промовила:

— Онда, добрий вечір, не чекали вас тут побачити.

— Правда? А я навпаки, чекала, — лагідним голосом промовила вона. — Ми б сьогодні в будь-якому випадку з вами зустрілися, тому що Джейсон запросив мене повечеряти. Як ви себе почуваєте?

— Дякую, у мене все ок.

Я рада, що ви повечеряєте з нами. Мені дуже хотілося з вами поспілкуватись. Як і належить письменникам, я дуже допитлива і люблю розмовляти із людьми про все, щоб потім цю інформацію трансформувати та використовувати у своїх книгах. Ви мені здаєтеся дуже цікавою і навіть загадковою персоною, оскільки ми про вас мало знаємо. Ось зараз, наприклад, я на вас дивлюсь і мені здається, що ми вже десь із вами зустрічалися. Ви так не думаєте?

Дівчина жбурнула у мене отруйний погляд, а потім знову милим голоском сказала:

– Навіть не уявляю де.

– У мене теж було відчуття, що ми вже десь перетиналися, але до цього моменту я не міг пригадати де. Тепер я, здається, знаю, – несподівано вступив у розмову Джейсон і посміхнувся, а потім спитав у Онди:

– Ти любиш плавати на світанку, коли ще немає спекотної втоми правда?

– Люблю і на заході сонця теж, – відповіла дівчина.

– Ось там, у морі, ми тебе якось рано-вранці і бачили, ти зачарувала нас своїм батерфляєм. Ми так не вміємо, – зізнався Джейсон.

– Так, точно, тепер і я згадала… То були ви! Я тоді припустила, що у вас міжнародні змагання, – підтвердила я і відразу запитала, – ви спортсменка?

Вона трохи зніяковіла, а потім сказала, що любить плавання з дитинства і багато часу проводить біля моря. Вона пообіцяла нам поступово розповісти про себе. А оскільки зараз був час вечері, нам слід було зосередитися на виборі ресторану. Ми зізналися Онді, що ще не відвідали іспанський ресторан і вона погодилася піти з нами в «Конкістадор».

Щоб не заважати молоді, я пішла трохи вперед і перша побачила на вході до ресторану службовця, який перевіряв дрес-код відвідувачів та наявність браслетів. Кожному, хто відповідав правилам відвідування «Конкістадору», він бризкав у долоні порцію санітайзера.

Мені стало цікаво. Дочекавшись Джейсона та Онду, я вирішила пропустити їх уперед. Як я і очікувала, дівчину не пропустили і запропонували повернутися, коли вона знайде свій браслет або їй дадуть новий на ресепшені. Онда і Джейсон про щось недовго переговорили між собою, а потім мій син звернувся до мене:

– Ма, ти залишайся, а ми з Ондою візьмемо бутерброди в буфеті і підемо до моря.

– Я не хочу сама залишатися. Причепилися до якоїсь дрібниці. Не хочу з ними мати справи, а тим більше давати чайові, – навмисне обурилася я. – Мене теж цілком влаштують бутерброди біля моря. Тільки там ліхтарів нема, і нічого не видно.

– Знаєте, – це тільки здається, що вночі біля моря дуже темно. Насправді місячна доріжка та зоряне небо добре висвітлюють усі стежки та пляж без жодних ліхтарів. Коли очі звикнуть до темряви, то здається, що там ліхтарі взагалі зайві.

Особливо зараз, у період сузір'я Оріона. Саме в цей час зірки мерехтять особливим світлом і видно навіть рибу у воді. Ви самі побачите, ходімо! – Зі знанням справи сказала Онда і забувши про бутерброди повела нас прямо до моря.

Не встигли ми пройти й десяти метрів, як почалася злива. За дві хвилини ми промокли до нитки і зупинилися на півдорозі; радості йти і мокнути далі не було ні в мене, ні в Джейсона. Я запропонувала Онді піти до нас у гості, але вона надула губи і хоч усе ще солодким, але вже впевненим голосом відмовилась:

— Я не цукрова, не розтану. Я не змінюватиму своїх планів і піду до моря.

Під дощем вона нагадувала мені сиру креветку. Все її єство зображало невдоволення і зневагу чи до дощу, чи до нас, що зіпсували їй вечір.

— Онда, мені дуже шкода, що я не можу поділити з тобою прогулянку до моря; я не звик ні до плавання під дощем ні до гулянь під зливою, тому побачимось завтра, — добродушно сказав Джейсон, коли Онда мовчки повернулась і пішла у бік моря, не сказавши нам ні слова.

— Синку, мабуть, дівчина засмутилася, що ми не побачимо сьогодні Оріон, але хмари так затягли небо, що через них навряд чи щось взагалі можна побачити.

**9**

Наступного ранку небо було світлим і безхмарим, ніби напередодні дощу ніхто і не бачив. Тільки мокрий асфальт і калюжі, що де-не-де скупчилися на землі, нагадували, що вночі він лив як із відра.

Ми вирушили на море. Там було людно та весело. Вже вранці молодь стрибала з м'ячем по піску, залучаючи до гри у волейбол усіх бажаючих.

Джейсон захопився волейболом, а я тим часом пішла в адміністрацію нашого резорту з'ясовувати, чому сторонні вільно розгулюють по «Маре адзуро» і користуються всіма благами оплаченими відпочиваючими нашого резорту, тим більше після того, як газети повідомляли про місцеві банди. Головний менеджер, який відповідає у тому числі за безпеку нашого дозвілля, пообіцяв мені в усьому розібратися та очистити наш резорт від чужинців.

Задоволена своєю місією, я повернулася на пляж і застала Джейсона все ще за волейболом. Я показала йому пляшечку холодної води, яку я по дорозі взяла в нашому холодильнику та пішла поплавати в море. На березі я познайомилася з кількома жінками мого віку, які приїжджають сюди щороку на два тижні.

Вони мені розповіли, що вони завжди усім задоволені оскільки тут ніколи не буває жодних непорозумінь, навіть на екскурсіях за межами «Маре адзуро», чи центрі міста або на островах… Газети можуть створювати паніку,-говорили вони– тому, що це комусь вигідно. Я трохи заспокоїлася і пошкодувала про те, що підозрювала Онду без жодних вагомих підстав.

Так ми використали час до обіду, а потім пішли до буфету. За столиком на двох сиділа Онда і вплітала суші. Її довгі міцні нігті, нафарбовані чорним лаком, нагадували більше потужні пазурі хижих птахів, що полюють на гризунів. Вона й сама зараз нагадувала якогось гризуна, який рвав своїми гострими зубами сиру рибу, загорнуту в рис…

Незважаючи на те, що адміністрація пообіцяла навести лад у резорті та захистити своїх відпочиваючих від сумнівних людей, Онда як ні в чому не було, спокійно обідала на очах у всіх без браслета.

– Холя, Ондо, – привіталися ми з дівчиною іспанською і пройшли в зал за їжею.

Повернувшись із тарілками до столика, ми знову побачили Онду, яка закінчила їсти і тепер сиділа потягуючи пиво, і спостерігала за нами.

Дочекавшись поки ми закінчимо обід, вона підійшла до Джейсона, подивилася йому пильно в очі і розтанула в наївній усмішці.

— Привіт, Джейсоне, які у тебе плани на вечір? Ходімо дивитися зірки? Мені тебе вчора не вистачало.

Джейсон, ніби під гіпнозом з усім погоджувався, і зрештою вони знову домовилися йти ввечері до моря.

— Тільки маму свою не бери, — попросила Онда і подивилася на мене впритул своїми круглими очима.

І тільки зараз на дуже близькій від неї відстані, я побачила, що її очеві яблука були зеленого кольору, а сама зіниця, яка у всіх людей зовсім чорна, у Онди була якогось неприродного молочного кольору.

«Хм, цікавий персонаж», — подумала я і звернулася до сина, коли ми вийшли на вулицю:

— Синку, невже тобі й зараз не здається ця дівчина дивною та нав'язливою?

— Ма, всі ми дивні по-своєму!

Дивний я, наприклад, що через твої дива залишив роботу і привіз тебе сюди, сподіваючись, що на природі можна відпочити від диваків міста, а виходить навпаки. Не говори мені більше про Онду. Можливо, вона й не така, як усі, але саме тому вона мені й сподобалася, – грубо сказав Джейсон, що було з ним взагалі, вперше.

– Гаразд, замнем для ясності, – заспокоїла його я. – Ми ж рідні люди і не повинні нервувати через дрібниці.

Я подумала, що мені не завадило б зараз звернутися до лікаря по-справжньому. З'явився біль у потилиці, і легке запаморочення. Мої пігулки від тиску не діяли. Їх треба було посилити чимось, але в мене нічого більше не було. Я відстала від сина і повернула до медпункту, який знаходився з тилової частини резорту. Тут також відкривалася приємна панорама із сучасним паркуванням, де хизувалися дорогі автомобілі та мотоцикли. Бадьорив око і стрункий молодий пальмовий парк із невеличкими фонтанчиками.

Там я помітила Онду на лавочці разом із якимись неохайними підлітками, трьома чи чотирма. Вони сиділи спокійно, майже не спілкуючись один з одним. Я хотіла зробити вигляд, що нікого не бачу, але Онда гукнула мене і підійшла дуже близько до мене:

– Терезо, що ти тут робиш? За мною стежиш? – неприємним тоном і на «ти» запитала вона мене, а підлітки, що сиділи поруч, єхидно захихикали.

— Що з тобою не так, дитино, ти дивлюся вже не приховуєш свого справжнього обличчя; що тобі треба?

— Не плутайся у мене під ногами, стара дуринда.

— Я хоч і дуринда, але одразу тебе розкусила. І зараз же піду в поліцію і скажу, що ти переслідуєш громадян Америки з метою викрадення та викупу…

Регот на лавці став ще гучнішим, а потім троє з чотирьох підлітків підвелися і підійшли до нас. Онда продовжувала:

— Ти не знаєш, з ким ти міряєшся силами, може статися так, що ти прямо тут звалишся з ніг від свого тиску і більше не псуватимеш життя Джейсону.

— Дай Джейсону спокій. Він мій син, а ти йому ніхто і ніколи він не проміняє рідну матір на таку мокрицю, як ти.

— Подивимося, — коротко сказала Онда і зробила якийсь знак малолiткам, а сама пішла у зворотному від нас напрямку.

Я теж хотіла продовжити свій шлях до медпункту, але знайомі Онди перегородили мені дорогу. Вони лякали мене як хулігани з підвортя, то підходячи до мене впритул, щоб відтіснити назад,то оточуючи з усіх боків, щоб відрізати мені всі шляхи до відступу…

– Пропустіть мене! А-ну, руки в ноги та вперед за своєю подругою! – кричала їм я, але їх це тільки смішило.

Тоді я озирнулася на всі боки, щоб узяти в руки щось, що могло б мене захистити від цих агресорів і побачила просто у себе під ногами залізний прут, що нагадував шмат арматури. Я підхопила його в руки і зі словами: «Швидко розійшлися»! – пішла напролом уперед. Підлітки зробили вигляд, що злякалися і розступилися, але відразу ж за секунду знову зімкнули переді мною коло і я змушена була розмахнутися своїм прутом і вдарити негідника,що стояв у мене на шляху. Прут мав ударити його з правого боку по ребрах, але натомість він пройшовся крізь нього як крізь голограму, ніби на мить розрізавши його навпіл. Я від страху закричала не своїм голосом, А вони всі стали сміятися ще голосніше. На мій крик із найближчої кав'ярні вийшли люди, і покидьки одразу втекли. А я потихеньку попленталася до лікаря. На його зачинених дверях було написано: «Відчинено 24 на 7». Але лікаря на місці не було і я, заплакавши від безнадії, пішла куди очі дивляться. Мені дуже хотілося з кимось поділитися сумними подіями. Але хто мені повірить, якщо мій рідний син не вірив мені.

**10**

На морському курорті всі дороги ведуть до моря і мене, під тяжкістю моїх емоцій та роздумів, вони теж вивели до моря. До того місця, де краще дихається. Я влаштувалась під пальмою і почала шукати поглядом те, на чому можна було б зосередити свою увагу і відволіктися від перенесеного стресу.

Незабаром у поле мого зору потрапив один літній працівник резорту. Він скрупульозно очищав пісок від сміття та різноманітних небезпечних для відпочиваючих предметів. Що він тільки не знаходив у піску: скло, кришки від пляшок, банки від пива, запальнички, шпильки для волосся, гострі камінці, уривки коренів від рослин, папірці тощо. Людина робила свою роботу по совісті і було видно, що за цим стоїть більше, ніж просто гроші за його працю, це була благородна місія.

Мексиканець побачив, що я не спускаю з нього очей і привітався:

— Оля синьйора, — посміхнувся він і знову поринув у свою роботу.

— Хай, — відповіла я і почала з ним розмову.

— Я захоплююся, як ви, вручну, перетрушуєте кожну піщинку, очищаючи пляж від сміття… Можна дізнатися скільки вам платять за вашу роботу, якщо не секрет, звичайно…

— Не секрет, синьйора…

— Тереза.

— Я – Хосе.

— Дуже приємно.

— Я кажу, синьйора Тереза, що я працюю не тільки тут на пляжі, а прибираю на всій території резорту і мені платять два долари на день. Це не секрет, але просто цифра, яку незручно вимовляти. Цього ледве вистачає на їжу. Але я все одно люблю свою роботу. У мене є ділянки, які мені подобається прибирати більше, це – пісок на пляжі.

Тут краще видно плоди моєї праці. Мені подобається коли люди задоволені та хвалять пісок.

— Хосе, — ви добре розмовляєте англійською, де ви вчилися?

— Ви знаєте, там, де я навчався, у селі, у нас на весь клас був лише один підручник англійської мови. Тоді я не думав, що знання англійської мені колись стануть у нагоді, але потім, коли я став дорослим і побачив, що англійською мовою говорить увесь світ, то я почав її вивчати разом зі своїми дітьми. Вони готували вдома уроки, а я в них перевіряв домашнє завдання і заразом навчався сам. А тепер ось і знадобилося. Можу туристам щось пояснити, – посміхався Хосе.

Я витягла з кишені 50 песо і простягла їх Хосе.

– Це вам маленька премія за найчистіший пляж, який я колись бачила і за англійську мову! Я маю до мов професійне ставлення і мені приємно, що ви самі досягли успіхів у вивченні моєї рідної мови. Я іспанської зовсім не знаю, на жаль.

Хосе взяв гроші як належне за свою якісну роботу, але було видно, що він також радів, що носій англійської мови дав високу оцінку його знанням.

– Ма, – гукнув мене Джейсон, – куди ти зникла, – я чекав на тебе в номері, а потім вийшов шукати.

– Я була в лікаря, – сухо сказала я.

– Що трапилося, тиск?

– Так, спочатку тільки тиск, а потім страх, коли я зустріла в парку біля доктора Онду з її дружками. Вони мені погрожували, не давали пройти, а Онда так і сказала: «Не плутайся у мене під ногами».

– Не можу повірити, що ти можеш так ненавидіти людину, щоб вигадувати такі речі.

— Думай, що хочеш, зачарований, але будь обережним, нехай я помиляюся, нехай перебільшую, але я вірю, тому, що чую своїми вухами і бачу на власні очі, а ще відчуваю своїм материнським серцем. Вони щось задумують, — вкотре попередила я сина.

— Що сказав лікар? — пропустив повз свої вуха мої слова син.

— Нічого.

— Як це?

— Лікаря не було на місці.

— Можемо зараз піти.

— Мені вже краще, я посиджу ще тут у тіні, а потім побачимо.

Решту дня ми з Джейсоном провели без сварок і згадок про Онду.

# 11

Коли більшість гостей «Маре адзуро» нарікали на те, що швидко минає тиждень відпочинку, я раділа, що він добігає кінця і сподівалася, що нам вдасться спокійно залишити цей курорт з його дивними гостями.

Все б так і було, якби вже незадовго до нашого від'їзду, я не випила б трохи текіли і не заснула раніше, перед телевізором, де йшов мій улюблений фільм «Джон Вік» іспанською мовою. Неспокійний по суті фільм мене легко заколисував, і я не просто заснула, а ще й захропла. Тому Джейсон цього вечора вважав за краще піти послухати шум моря.

Коли я випадково прокинулася і вийшла подихати повітрям на балкон,то побачила його з Ондою. Було 23:00. Джейсон і Онда йшли до моря, і я почала турбуватися; уява малювала жахливі картини. Сидіти і спокійно чекати, як у кінотеатрі, що буде далі, я не могла. Я чогось схопила все, що було на той момент у мене під рукою: телефон, банку пива і спрей від комарів. Кинувши це все в сумку, я побігла стежити за своїм сином, що не подобалось мені самій,звичайно. Я відчувала сором і водночас почуття обов'язку,бо він був з Ондою. Напевно з цієї причини я і прихопила пиво, а, можливо, тому, що я не знала скільки часу займе ця «пригода», і спрей на випадок, якщо не буде вітру і почнуть збиратися комарі.

## 12

Поки я спускалася з третього поверху, Джейсон і Онда зникли мого з поля зору. За логікою речей, вони були недалеко. Дорогою до моря був бар, і спочатку я пішла туди, бо вони могли туди зайти. Справді, вони були саме там. Щоб не виділятися з натовпу, я дістала баночку пива і почала її повільно потягувати поблизу з баром, одночасно наглядуючи за моїми «підопічними».

Раптом почувся тонкий пронизливий свист. Він долинав з боку моря і мені здалося,що я вже раніше це десь чула. Онда глянула на годинник і почала підганяти Джейсона швидше допивати коктейль і йти на море. Джейсон, навпаки, не поспішав йти з бару. Йому подобалося розмовляти з Ондою. Вона раз у раз дивилася на свій годинник і неуважно його слухала. Було помітно, що розмови з ним почали її дратувати. Як тільки пронизливий свист з моря повторився, Онда підвелася зі свого місця, взяла Джейсона під руку і потягла його до виходу.

— Онда, куди ти так поспішаєш, не поспішай, ми ж на прогулянці і потім ніч на дворі, треба дивитися під ноги, – говорив Джейсон, – мені не подобається тебе наздоганяти.

Дівчина йому не відповідала, вона вже взяла розбіг і тепер не хотіла його слухати. А він, як слухняний пес, ішов за нею.

«Можливо мені знадобиться допомога», – подумала я, йдучи непомітно за ними. Онда зупинилася, щоб підбадьорити Джейсона:

– Не поспішай, але й не відставай, щоб у темряві не загубитися, бо мені доведеться тебе всю ніч по пляжу шукати, а раптом я тебе з кимось переплутаю і замість тебе поцілую іншого. Що ти скажеш? – реготала Онда.

Мені пощастило. На своєму шляху я зустріла Хосе, – прибиральника пляжу.

– Привіт, Хосе, – як пізно ви закінчуєте свою роботу, – здивувалася я.

– Оля, Тереза, я закінчую не так пізно. Просто сьогодні другові допомагаю поправляти тапчани до завтрашнього ранку. Має приїхати з перевіркою наше начальство, – відповів добрий мексиканець.

– Слухайте, сьогодні і мені також потрібна ваша допомога. Я вам обіцяю добре заплатити. Справа в тому, що мій син випив зайвого і я боюся, щоб він не потонув у морі. Якщо нас через 15 хвилин не буде біля вас, то йдіть мені на допомогу, будь ласка, і візьміть ще когось на допомогу; удвох ми його можемо не дотягнути. Я теж заплачу всім. Чи зможете? – мало не плачучи спитала я.

– Немає проблем, я можу вже зараз піти з вами, – відповів жалісливий мексиканець.

– Дякую, велике, тоді йдемо разом, так навіть надійніше.

Поки я розмовляла з Хосе, мій син і Онда зникли у ві тьмі. Однак незабаром, трохи пройшовши вперед до моря, ми з Хосе почули голос Джейсона:

– Онда, йди сюди, я знайшов класне місце, щоб поплавати прямо на місячній доріжці! Ходім швидше!

У цей час з темряви вийшла Онда без одягу. Її сильні м'язисті ноги при місячному сяйві блищали і переливалися, як новорічні вогні та тисячі різнобарвних салютів у новорічну ніч.

Спочатку я не зрозуміла в чому справа, але придивившись, я побачила, що її ноги знизу вгору були щільно вкриті лускою як у риби.

Хосе схаменувся першим і голосно закричав:

– Хлопче, біжи від неї, це сирена!

Я теж закричала:

– Джейсон, тримайся! Ми тут!

Я кинулася Джейсону на допомогу. Хосе по рації викликав сек'юріті резорту. На той момент, коли я підбігла до сина, Онда вже встигла міцно схопити його за руку і почала тягнути в море.Я дістала з сумки спрей від комарів і випустила струмінь мерзенному створенню просто в її риб'ячі очі. Потвора відпустила руку мого сина і той упав на пісок. Підскочив Хосе і допоміг йому піднятися на ноги, і ми всі кинулися тікати, застряючи ногами у піску…

Онда швидко проморгалася і кинулася нас наздоганяти. Вона знову вчепилася в Джейсона як силач-важкоатлет, а не як тендітна дівчина з ніжним, медовим голоском. Потім вмілим рухом руки, вона звалила мого сина, як піщинку, собі на плечі і семимильними кроками понесла його в море. Хосе кинувся на Онду і схопив її за ногу, сподіваючись, що вона спіткнеться і впаде. Але морське чудовисько вдарило бідолаху своєю ногою так, що той відлетів на два метри.

Коли Онда рухалася повз пальм, що росли на пляжі, Джейсон схопився руками за стовбур одного з дерев. Дерево хитнулося і важкий соковитий кокос зірвався з його верхівки і впав Онді прямо на голову. Цього було недостатньо, щоб зупинити монстра, але, на щастя, морська істота перечепилася і впала, встигнувши випустити такий самий свист, який я чула біля бару.Джейсон розгубився і чекав на допомогу.

– Потрібно тікати, – сказав Хосе, – вона покликала своїх на допомогу.

– Давайте поки вона не прийшла до тями візьмемо її під руки і віднесемо подалі від моря, до бару, наприклад, – наполягала я, – щоб всі бачили хто на них полює на відпочинку.

Раптом Онда прийшла до тями і побачивши наші рішучі обличчя почала жалібно просити відпустити її в море. Вона благала нас так задушевно і сумно, що протистояти її благанням було сильніше за нас. Джейсон і Хосе вже готові були її відпускати, але я зупинила їх:

— Нехай спочатку скаже навіщо вона тягла мого сина в море, навіщо переслідувала його, а потім нехай котиться на всі чотири сторони.

Онда спочатку не хотіла нічого пояснювати, але потім побачила людей, що прямували до нас, з ліхтарями, і швидко затараторила:

— Ми обираємо собі у наречені земних чоловіків. Мій батько теж був земною людиною. Ми вдосконалюємо наше тіло.

— А де зараз твій батько? — запитала я.

— Він зник одразу після мого народження. Усі батьки зникають після народження своїх дітей. Вони не можуть довго жити у наших умовах.

— Ах ти риба нахабна, підводна амазонка, чудовисько морське! Воно хотіло мого сина собі в чоловіки отримати! Розмріялася! Твоє місце у зоопарку і те, за ґратами голодного крокодила! — розійшлася я не на жарт.

— Тереза, годі, нехай іде. З моря її родичі вже виходять та їх багато. Нехай із ними охорона розбирається, а ми спостерігатимемо. До нас швидко наближалися люди з ліхтарями у формі охорони резорту.

Онда, побачивши їх, чкурнула до своїх, а я впізнала у деяких із них тих «підлітків», яких я бачила біля офісу лікаря. Буквально за п'ять хвилин вони всі зникли в морі.

<h1 style="text-align:center">13</h1>

Сек'юріті, що підійшли, нічого не зрозуміли і почали ставити нам запитання, але Хосе дав нам знак мовчати і почав говорити сам. Він сказав, що тут виникла п'яна бійка через якусь дівчину з іншого резорту. Ми відігнали хлопців, сказали, що йде охорона, а дівчина теж побачивши вас, злякалася і втекла. Дякую що прийшли. Сек'юріті, як і очікувалося, задоволені цим дуже правдоподібним поясненням, запитали, чи можуть вони ще чимось допомогти і отримавши негативну відповідь, розійшлися.

Ми побігли подалі від нічного пляжу, де кілька хвилин тому зникла ціла «зграя» морських істот. Оскільки ми не на жарт злякалися, ми вирішили зупинитись у барі, щоб випити текіли та обговорити все, що з нами сталося. Хосе пояснив, чому він не сказав правду охоронцям:

— Вони б все одно не повірили жодному нашому слову. І швидше за все, звинуватили б вас у заворушеннях, щоби витягнути більше грошей із вас, іноземців. А так вони думають, що на нашому пляжі опинилися сторонні та ще й до бійки дійшло, а це мінус охоронцям.

— Хосе, а ви не боїтеся, що ці сирени знову сюди повернуться? — запитав Джейсон.

— Вони завжди повертаються, але не відразу, через якийсь час і в іншому місці. Вони тут є навіть у глибоких озерах.

Мексиканці зібрали багато легенд про цих істот і кілька разів вони навіть потрапляли в рибальські сітки, але їм вдавалося вислизнути в останній момент. Думаю, рано чи пізно вони все одно попадуться і ми дізнаємося про них від них самих. А поки нам треба завжди пильнувати, щоб не стати їхньою здобиччю.

Ми з Джейсоном запросили Хосе прогулятися з нами і підійшли до банкомату, де ми зняли гарну суму та вручили її нашому рятівнику. Також ми обмінялися контактами та домовилися не втрачати зв'язок.

# 14

Наступного дня ми відлетіли до Америки. Знайомим, які у нас питали поради куди поїхати відпочивати, ми говорили, що нам у Мексиці не сподобалися дивні люди у нашому резорті та морські водорості. Ми радили почитати в інтернеті відгуки інших відпочиваючих, але жодного разу не розповідали нашу історію про зустріч із сиреною на ім'я Онда. Інакше що б подумали про нас люди?

Ми з Джейсоном порозумілися, і він більше не називав мене ні фантазеркою, ні любителькою комусь навішати ярлики. Він став довіряти моєму життєвому досвіду та прислухатися до його власної інтуїції.

Все інше після приїзду з Мексики стало як і раніше, у мене було безліч сюжетів для нових оповідань, а мій син із новими силами взявся за роботу над вирішенням складних лінгвістичних завдань у контексті сучасних технологій, величезних обсягів інформації та швидкості мовних змін.

# Будинок за 1 євро

**1**

Який прекрасний наш світ! Він досконалий! У ньому немає нічого зайвого. У ньому враховано все на будь-який колір та смак. Він створений для нас, і ми є його частиною. З давніх-давен природа розвиває в людині гармонію і красу, а також дарує їй сприятливі умови для її життя і просування до прогресу. На жаль, у наш вік хронічної нестачі часу, за рутиною буднів, ми все менше звертаємо увагу на зміну пір року, на тварин, які потребують нашої турботи, на спів птахів у нас під вікном… Нам все здається звичним і повсякденним і начебто воно все було, є і буде тут, як ми самі.

Напевно, тільки в давнину людина з розумінням і благоговійним трепетом ставилася до природи, до її могутності і з вдячністю приймала її дари. Сьогодні сонце світить так само, як і багато років тому, і гори стоять на своєму колишньому місці, але ставлення людей до природи дуже змінилося. Людина сама того не помітила як стала вважати себе не «мудрим розпорядником», а «царем» природи, а саму природу – джерелом своїх потреб та своїх забаганок… Розставлені в такому порядку акценти, поступово применшили розуміння людиною її справжньої залежності від довкілля, приховали від його розуміння суть деяких природних явищ, підказок та ознак, перетворивши їх на загадки природи, на незрозумілі таємниці всесвіту та містику.

На початку весни 2023-го року в мальовничій італійській провінції Аларуццо, в невеликому селі, де мешкало близько двох тисяч осіб, і яка називалася Реньо, сталася фантастична історія, розказана колишньою власницею старого будинку, придбаного нею всього за 1 євро за контрактом, пов'язаним з програмою з відновлення старої занедбаної нерухомості у вигляді будинків, вілл, ферм та іншого добра. Ця програма реалізується всюди в Європі: Франції, Норвегії, Греції, Англії, Італії, Австрії тощо. Мета — збільшити населення та зберегти житловий фонд даної місцевості, що вигідно даному населеному пункту.Покупці, у свою чергу, укладають контракт і зобов'язуються відреставрувати та провести капітальний ремонт нерухомості, в результаті якого до початкової вартості старих будинків в 1 євро додається ще кілька нуликів. І хоч роботи з відновлення нерухомості багато, це молодих, успішних, енергійних та допитливих людей не лякає. Ті з них, які хочуть своїми руками побудувати будинок, посадити дерево та народити сина, не замислюючись йдуть до своєї мети.

# 2

Джорджо та Ауріка Ламінеску з Румунії давно вирішили купити собі невеликий будиночок для відпочинку в Італії. Саме в Італії тому, що кілька років тому вони познайомилися на заробітках у Мілані, покохали один одного, потім повернулися до себе до Бухаресту, зіграли весілля і тепер вважали, що своїм щастям зобов'язані старій добрій Італії.

Інтернетом вони переглянули багато варіантів занедбаних будинків перш, ніж зупинилися на одному, який відповідав їх уявленню про відпочинок найбільше.

Вибір упав на Реньо, маленьке містечко на березі Адріатичного моря з невисокими горами і казковими водоспадами, що спадають вниз, як у пригодницьких фільмах про безлюдні острови; і точно як у кіно, тут росли високі, розлогі пальми і скрізь стелилися дивовижні квіти впереміш із соковитою темно-зеленою травою.

Сам об'єкт купівлі виглядав не дуже стильно (старий, є старий): напівзруйновані часом стіни з каменю і частина даху, що була знесена вітром, свідчили про те, що роботи буде багато. Робота, серед іншого, мала бути з будівництва, зварювання, сантехніки, водопроводу та електрики.

– Що думаєш? – ласкаво запитав Джорджо у своєї дружини.

– Я думаю, що наші руки не для нудьги, а серця для любові, – відповіла словами з пісні Ауріка.

– Тоді їдемо, розберемося на місці!

**3**

Місцеве агентство нерухомості, яке оформляло їхню угоду, люб'язно відчинило перед молодими людьми свої двері. Їм на допомогу порекомендували досвідченого рієлтора на ім'я Альберто. Дорогою до будинку, рієлтор провіз клієнтів околицями Реньо і розповів про місцеві порядки та традиції, а також похвалив їх за вибір, зауваживши, що місцеві люди – добрі, товариські, а клімат – м'який.

– Ви упустили, що повітря тут неймовірно чисте і свіже! – підхопила Ауріка. – Після міських пилу та смогу нам це одразу відчувається!

– Так, значить, вам тут сподобається. Навіть море підлаштувалося під мрії місцевих мешканців. Воно завжди тепле, прозоре та дрібне біля берега. Видно все, як на долоні, – зі знанням справи сказав Альберто.

Поганий стан будинку компенсувався великою ділянкою землі навколо нього та запахом моря.

— Джорджо, чому ми не можемо просто знести цю будівлю і поставити свою, та хоча б будинок на колесах, щоб не морочити голову з реставрацією, — запитала Ауріка у чоловіка, коли вони залишилися одні і дивлячись як він мучиться побачивши старі, покриті плісінявою, стіни.

— У тому й річ, люба, що умови контракту зобов'язують нас відновити колишній вигляд будинку, щоб він вписувався в архітектурний ряд цього населеного пункту. У цьому є весь фокус продажу таких будинків за 1 євро. Тут адміністрація таким чином відроджує свої міста, не виходячи за рамки початкового дизайну, — пояснив він.

— Відновлення — справа добра, а як же сучасний підхід до справи. Як на рахунок того,щоб більше скла, вікон, світла? На даху також! Хочу, хочу, хочу! — не вгамовувалася Ауріка.

— Будуть тобі вікна та світло! Пару стін, які ще досить міцні добудуємо, підштукатуримо, «припудримо, причипуримо», а інші — крихкі, навіть намагатися не будемо. Засклимо знизу догори і дах теж. Де можна, відновимо, а де не можна — засклимо і точка!

– Так! Точка!

– Є, правда одне «але», – продовжив Джорджо. Всі без виключення стіни від вогкості вкрилися плісенню. Немає жодної гарантії, що ми її позбудемося раз і назавжди, навіть якщо витруємо її, а потім замажемо.

– Тут ти, звичайно, маєш рацію. Потрібно порадитись із фахівцями з будівельних організацій, вони точно знають, як боротися з напастю, – запропонувала Ауріка.

Нестачі у будівельних бригадах у Реньо не було. Усі вони були зі стажем та рекомендаціями. Джорджо поговорив особисто з багатьма з них і вибрав найдосвідченіших і найшвидших для ремонту в будинку.

І, як то кажуть, справа майстра боїться: робота закипіла. З музикою та ентузіазмом, не шкодуючи часу та коштів, усі працювали на повну потужність. Бажаний результат було досягнуто за короткий термін. Щасливі власники оновленого комфортного будинку купили меблі, посуд, фіранки та інші приємні дрібниці і почали облаштовувати своє сімейне гніздо.

На той момент у них вже з'явилося багато знайомих і друзів, з якими вони час від часу разом ходили до спортивних залів, ресторанів або просто вечорами купалися в розігрітому за день ласкавому морі.

Коли будинок остаточно був упорядкований, Ауріка та Джоржо запросили найближчих з них, Ніло з Марізою та Роберто з Ірене, на входини. Гості прийшли із оригінальними подарунками. Ніло з Марізою принесли надувний човен для риболовлі, а Роберто з Ірене подарували маленьке пухнасте кошеня з смугастим темно-рудим забарвленням, як у тигра. Щойно потрапивши в будинок, кошеня зістрибнуло з рук Ірене і пішло знайомитися зі своїм новим житлом.

– Його звати Олімп, – сказав Роберто, який працював ветеринаром у зоолікарні. – Діти принесли його до мене прямо до кабінету. Вони зняли крихту Олімпа з верхівки однієї невисокої гори в Реньо. Звідси й ім'я. Але незрозуміло, звідки він там узявся.На ньому немає ні нашийника, ні чіпа, а у нас в окрузі котів з подібним забарвленням теж немає. До того ж, зверніть увагу на його очі, вони у нього глибокі як у мислителя. Думаю, що Олімп має спокійний олімпійський характер. Він буде вам тільки на радість і вас у всьому підтримуватиме.

– Нам дуже подобається Олімп, дякуємо, – відповіли господарі будинку зі щирою посмішкою.

**4**

Час пролітав швидко. Вдень Джорджо і Ауріка працювали за комп'ютером, а ввечері приділяли увагу Олімпу, що підріс і погарнів, а також стежили за напруженими новинами у світі і дивилися фільми. На грудень молоде подружжя запланувало поїздку до Бухаресту, щоб разом із родичами відсвяткувати Новий рік зі снігом, лижними пробіжками та катанням на ковзанах. Якщо людина народилася в країні, де взимку випадає сніг, то для повного щастя він їй потрібен!

— Що ми робитимемо з Олімпом, залишимо його тут на друзів чи візьмемо із собою до Румунії? — запитав Джорджо.

— Мені здається він без нас засумує і пропаде, він такий ніжний і полохливий. Цілими днями за нами бігає слідом, поки ми його не приголубимо, — братимемо його скрізь із собою.

— Думаю, Олімпу сподобається втекти з тутешніх місць на період дощів!

Джорджо справедливо помітив щодо дощів, адже зміни клімату торкнулися всієї планети і Італія не залишилася осторонь. Тепер сюди почали все частіше навідуватися вихори з моря і лити зливи в той час, коли має світити ясне сонце і дарувати здорову і гарну засмагу відпочиваючим. В інших країнах, де ще кілька років тому панували люті морози, тепер також помітно потеплішало. Наприклад, на століттями засніжених вершинах Альпів розтанули сніги та розцвіли плоскі кактуси і виявилося, що їх там тепер настільки багато, що незабаром вони можуть покрити всі альпійські гори.

Дощі у Реньо просто так не здавалися. Навіть якщо вранці після нічної зливи з'являлося сонце, то світило воно недовго, зазвичай до обіду, а потім знову налітали хмари і дощ йшов як із кухонного крану на всю потужність і цілий тиждень.

Якось у вересні, після чергової зливи Ауріка звернула увагу, що на одній зі стін у їхній спальні з'явилася сира пляма. Вона показала її чоловікові:

– Не турбуйся, люба, це лише вогкість, воно підсохне і зійде, – заспокоїв її Джорджіо.

Час минав, погода давно відновилася до колишнього сонця, проте сира пляма в будинку Ламінеску не зникала і не зменшилася, а навпаки збільшилася і потемнішала. Крім того, у Джорджо з'явився сухий кашель, і сімейний лікар припустив, що це може бути алергія на плісняву. Іноді це заважало Джорджо спати.

Ауріка спала без проблем і навіть запам'ятовувала деякі сни. Справа в тому, що їй майже щоночі снилися різні цифри, починаючи з однозначних, закінчуючи чотиризначними і квадратними корнями. Як у «Пікової дамі» вона бачила в цьому натяк вищих сил на величезний фінансовий виграш. Тому час від часу Ауріка купувала лотерейні квитки і закреслювала номери, що їй приснилися. Однак ні до якого джекпоту це не призвело і вона почала просто записувати на листочку всю цю арифметику, про всяк випадок, але вона також вважала, що наснитися може будь-що, головне не приділяти тому занадто багато уваги, але завжди треба переключатися на позитивні та реальні речі.

— Дорогий, а коли ми підемо рибу ловити на нашому гумовому човні? Не дарма ж нам його подарували і Олімпа делікатесом побалуємо, — звернулася Ауріка до чоловіка.

— Та хоч зараз, тільки треба подзвонити Ніло, щоб він на своєму катері підстрахував, бо ти ж плавати не вмієш, а в морі може бути небезпечно. Сильний вітер може зірватися, чи величезна риба попадеться на наш гачок і почне наш човен за собою тягнути як у Хамінгуея в «Старий і море», пам'ятаєш?

— Дякую, можеш ти заспокоїти людину.

Не хочу я тепер на рибалку. Іди перший у розвідку, якщо вже ти сам плаваєш як риба, – запропонувала Ауріка.

– А хто ловити рибу для Олімпу допомагатиме?

– Подзвони Ніло, якщо він хоче тобі скласти компанію, то краще порибалити вам без мене; рибалки повинні час від часу ловити рибу в тиші, без сторонніх, а ми з Олімпом будемо вірно чекати на тебе на березі, – Аурика хотіла не тільки щоб Олімпу було чим поласувати, але щоб і Джорджіо відірвався від комп'ютера і вийшов на свіже повітря.

Ніло із задоволенням підхопив ініціативу та вирушив у море з другом. А Ауріка з Олімпом почали наводити порядки в будинку. Кіт спочатку ганявся за пилосмоком, потім почав полювання на відро з водою, а потім взагалі розперезався і давай дертися на штори в спальні Ауріки.

– А-ну, злазь з дорогих фіранок, – скомандувала господиня, не підозрюючи, що її кіт заліз під стелю від переляку.

Роздумуючи як Олімпа спустити на підлогу, Ауріка звернула увагу, що пліснява пляма не тільки збільшилася в розмірах, а й стала опуклою і пульсувала як живий організм, стаючи то дуже опуклою, то глибоко втягувалася в стіну, нагадуючи вирву. Їй почулося, що за муром звучить якась дуже знайома музика. Мелодія, що лунала, нагадала їй адажіо Альбіоні, італійського композитора епохи Бароко. У міру того як звуки музики ставали сильнішими, Ауріка відчувала, як її щось тягне і підштовхує до того місця, де розташовувалася вирва. «Та що це таке?» – промайнуло в Ауріки в голові. У цей момент Ауріка відчула себе оповитою чимось м'яким і слизьким і пляма всмоктала її.

<h1 style="text-align:center">5</h1>

По той бік пліснявої плями було темно й душно. Повітря стояло густе і насичене, із запахом гнилих фруктів. Це зовсім не пов'язувалося з тим чудовим музичним твором, який, як і раніше, було чути, тільки тепер, у її голові. «Цікаво, тут мошки не літають?» – подумала Ауріка. Їй стало страшно.

– Хто ти? – почувся суворий незнайомий голос.

Ауріка вирішила відразу всі карти не розкривати доки не дізнається де вона і що від неї хочуть, і тому стримано ляпнула просто цифру з її останнього сну.

– Я? Я – 8, 6.

– То 8 чи 6?

— Ну хай буде шість.

— Проходьте в бокс номер 6 і чекайте на запрошення до кабінету під номером 6.

— А можна мені запитати у вас, де я та хто ви?

— Ви у чистилищі номер 2, а я штучний інтелект.

— То що я вже мертва?

— Ви жива, інакше б ви не потрапили в це чистилище. Воно потрібне тільки живим, оскільки мертві вже нічого виправити не можуть через відсутність фізичних органів і можливість існувати в матеріальному світі.

— А чому це чистилище номер два, хіба є ще інші?

— Звичайно, їх дуже багато, і вони всюди, де можна зберегти людину від непоправних помилок.

Засвітилося денне світло і Ауріка опинилася у великій круглій залі разом з іншими… Вони знаходилися в самій середині зали, як на дні блюдця, і якось нервово спілкувалися між собою. По краях розташовувалися кабінети з номерами на дверях від одного до десяти. Час від часу вмикався спікер і називав номер дверей, до яких відразу ж хтось ішов відповідно до своєї цифри.

— А якщо не чекати поки мене покличуть, а самій піти туди, щоб швидше з усім цим «оперним театром» покінчити, – промайнуло в думках у Ауріки.

Вона підійшла до дверей під номером 6 і спробувала туди увійти, але двері були зачинені. Тоді збентежена дівчина затарабанила по ним, що було сили, але їй, як і раніше, ніхто не відповів і двері залишилися на замку.

«Да, треба зосередитися та проаналізувати ситуацію; тут встановлюю правила не я. Вихід завжди є і я маю його знайти. Головне не панікувати, я зрештою, не найдурніша», – налаштовувала себе на позитив Ауріка.

– Скажіть, а як швидко і за якими критеріями викликають, бо тут заморишся чекати всіх. Пруть по блату вперед навіть ті, хто пізніше прийшов, а я вже просто не можу чути мінор якогось класика в голові. Нехай спробують… У них там, може, звучить якийсь мажор і їм можна потерпіти ще кілька років. Коротше, треба скласти список і щоб згідно запису… – заговорила з Аурікою якась молода жінка із синім обличчям алкоголічки та зухвалою інтонацією в голосі.

– Мені нічого про це невідомо, я нова тут, але я бачу ви багато знаєте. Що це за нав'язлива музика справді переслідує всіх? – скромно спитала Ауріка.

– У кожного своя, у ній, кажуть, є підказка як звідси вибратися; вона, типу, спрямовує… – невпевнено сказала жінка.

– Дякую, я все зрозуміла, – кивнула головою Ауріка і відвела очі від неприємної персони.

Потім вона почала спостерігати за іншими особами і виявилося, що всі вони були з певними вадами.

Тут проходжувалися чоловіки та жінки з хвостами, довгими і короткими, закрученими та прямими, з носами схожими на хобот слона. Ауріка відзначила кілька диваків із головою як у дволикого Януса, а також людей із трьома парами рук.

Їй стало ніяково і жахлива здогадка закралася в її серце. Вона озирнулася навколо, сподіваючись знайти дзеркало і подивитися на себе, на те, як вона зараз виглядала. Дзеркал ніде не було, але просто в неї під ногами лежала скляна куля. Вона підняла її і обережно глянула. Звідти на неї дивилася істота з чотирма руками, мерзенними рогами, довгим язиком, який ледве поміщався у неї в роті.

Ауріка закрила обличчя руками і розплакалася гіркими, колючими сльозами. Нічого окрім криків «навіщо і за що вона тут» Ауріка видавити зараз із себе не могла. Тваринний страх проник у кожну клітинку її організму і скував по руках та ногах. Жах заблокував все її бажання взагалі про щось думати і щось вирішувати.

Раптом у неї всередині пролунав чужий голос. Він був безперечно жіночий, ніжний, спокійний і добрий.

Ауріка вчепилася за нього як за рятувальну соломинку і вся перетворилася на слух. Голос сказав:

— Все залежить тільки від тебе. Тобі випала честь, а не покарання опинитися тут.

Бідолага трохи підбадьорилася і відразу запитала:

— Що ж мені потрібно зробити, щоб повернутися до чоловіка?

— Замислитись і одуматися, — наказав ласкавий голос.

— Як це? — не зрозуміла перелякана дівчина.

— Ти сама маєш вирішити, що у твоєму житті ти робиш неправильно і від чого ти маєш сміливо відмовитися раз і назавжди.

— А якщо я не зможу? Якщо помилюся? Скільки у мене спроб?

— Одна, у тебе лише одна спроба та час обмежений. Якщо ти не знайдеш «збої» в собі зараз, можливо «щасливе потім» для тебе ніколи не настане. Думай, час настав!

Голос стих. Ауріка з прискореним серцебиттям почала копатися в собі. Спікер відвернув її від її думок. Він запрошував когось пройти у двері номер 9. І тут же туди попрямував чоловік, у якого раніше було три пари рук; вона його добре запам'ятала. Тепер той ішов як звичайна людина без «рудиментів та атавізмів».

Ауріка з надією подумала, що це добрий знак. Потім вона сіла навприсядки і почала згадувати та аналізувати свою біографію, все, що з нею сталося у свідомому віці, насамперед неприємні моменти з якими її зіштовхнуло життя, змусивши робити свій вибір. Вона ясно усвідомила, що у певні відповідальні та важливі моменти свого життя вона часто вибирала погану сторону.

Так, якось, Ауріка, як ні в чому не бувало, пішла до суду лжесвідчити на користь своєї подруги, на її прохання. На щастя, ніхто не постраждав і суд виніс справедливе рішення у цій справі, але совість Ауріки залишила в її душі маленьку зарубку на згадку і тепер, дочекавшись відповідного моменту, її совість нагадала про себе.

Бідолашній також згадалося те, як вона з приводу і без приводу ревнувала до всіх підряд свого Джорджо і про всяк випадок сама йому зрадила. Тепер їй стало соромно і за те, що вона ніколи не забувала і за те, чого вона вже не пам'ятала, у тому числі за різні плітки з подружками та постійну брехню через дрібниці.

Прямо зараз Ауріка відчула себе такою маленькою, низькою і брудною, що на її душу навалився величезний тягар, і жар спалахнув у всьому її тілі та душі, як за температури 40…

«Якби тільки я могла повернутися назад, я б все змінила… Я б у всьому зізналася Джорджо і вибачилася б за свою поведінку перед усіма кого я образила, – мучилася розкаяннями Ауріка. І в цей момент пролунав голос спікера:

– Номер 6, – вдруге повторював гучномовець і запрошував Ауріку в раніше зачинені двері під номером 6. Вона швидко підскочила на ноги і побігла туди без оглядки.

# 6

– Ауріка, Ауріка, що з тобою? Прокинься, нарешті! Ти що снодійне прийняла? Ти мене лякаєш, дурепа… – штовхав дружину Джорджо, який повернувся з рибалки.

Вона повільно розплющила очі і від щастя заплакала.

– Джорджо, коханий, як я рада тебе бачити, я думала, що більше вже ніколи тебе не побачу.

– Що зі мною може статися на рибалці, – не розумів той.

– Ні з тобою, а зі мною вже сталося. Я все тобі розповім… Мене поглинула пліснява пляма і я потрапила до чистилища…

– Почекай, почекай, – перебив її чоловік, – дай лоба тобі помацаю; у тебе, схоже, жар і марення, ти щось не то городиш… Пляма вже повністю висохла, як я тобі й обіцяв, – сказав Джорджо.

Ауріка підвелася, випросталась і стала навпроти свого чоловіка, а потім серйозно, дивлячись йому в очі сказала:

– Ти маєш рацію, я не то зараз тобі кажу. Я, насправді, повинна тобі зізнатися, що я не була тобі вірною дружиною і ще багато в чому… Тобі вирішувати вибачиш ти мене чи ні, але я в будь-якому випадку дуже шкодую про те, що трапилося, і прошу у тебе вибачення.

Раптом Ауріка засміялася; вона ніби позбулася чогось тісного вузького, того, що все життя стискало і стискало її, тримало в залізних обіймах. Їй стало легко та радісно. Вона знову відчула себе вільною.

Наступного дня Джорджіо зателефонував своєму другу Роберто і попросив його дати притулок їхньому коту Олімпу, оскільки Ауріка повертається до Румунії і не хоче, щоб їй щось нагадувало про Реньо. Він також зізнався, що вони з Аурікою вирішили розлучитися та продати будинок, щоб почати нове життя з чистого аркуша. Але перед тим як виставити будинок на продаж він хотів запитати своїх друзів і знайомих, чи не хочуть вони купити зі знижкою цей райський куточок для себе. Роберто трохи помовчав, а потім відповів:

— Мені дуже шкода, що ви з Аурікою розлучаєтесь, але я не здивований, якщо чесно. У нас у селі кажуть, що ваш будинок стоїть на поганому місці і в ньому щастя не збудуєш. Тому я впевнений, що з місцевих ніхто не наважиться купити ваш будинок. Якби були охочі, то його купили б відразу за 1 євро.

— А чим же це місце так завинило перед жителями Реньо? — здивовано спитав Джорджо.

— Попередні господарі, ті, які там жили перед вами, за розповідями старожилів, зникли без сліду в одну мить. Нічого із собою не взяли, ні речі, ні гроші. Хоч як їх шукали,— марно. Люди, як крізь землю, провалилися. Містика, що тут і сказати. Але з того часу всі наші вважають, що будинок стоїть на зачарованому місці і навіть за 1 євро нікого не змусиш його купити хоч і після капітального ремонту, — пояснив Роберто.

— Містика, — це виправдання для лінивих, слабаків та невдах. Нею зручно виправдовувати будь-яку бездарність, невміння докопатися до правди і вирішити важке завдання. Реальний світ спирається на розумних, успішних, сильних і розсудливих людей, висловив свою думку Джорджо.

— Світ величезний і різноманітний, друже мій! Місця в ньому вистачає всьому — і тому, що нам подобається і не подобається, і тому, про що ми, можливо, ще навіть не здогадуємося, — відповів Роберто.

# Нотатки читача

www.ingramcontent.com/pod-product-compliance
Lightning Source LLC
Chambersburg PA
CBHW022046050726
47591CB00002B/408